아무튼, 미드

아무튼, 미드

손보미

차례

미드와 나

『아무튼, 미드』를 쓰기로 한 건… 음… 잘 모르겠다. 10년은 안 된 것 같고, 7년은 넘은 것 같다. 그러니까 내 말은 아주 오래전의 일이라는 것이다. 그동안 주위로부터 미드에 대한 책이 언제쯤 출간되는지에 대한 질문을 자주 받았다. 기다리고 있다는 이야기도 많이 들었다(정말이다). 지금은 그런 이야기를 듣지 못한다. 사실, 이제 와서 내가 하는 미드 이야기를 누가 궁금해할까 하는 걱정도 든다.

예전에는 미드를 참 많이 봤다. 나를 본격적인 미드 생활로 끌어들인 건 〈로스트〉지만 그 전에도 '미국에서 만든 드라마'는 많이 봤던 것 같다. 내가 어렸을 적에는 TV에서 미드를 많이 방영해줬다. 〈탐정 몽크〉나 〈베벌리힐스의 아이들〉, 〈케빈은 열두 살〉 뭐 그런 것들. 대학생이 된 후에는 〈섹스 앤드 더 시티〉나 〈퀴어 애즈 포크〉, 그 유명한 〈프렌즈〉 같은 드라마들을 찾아 보기 시작했다. 〈30 Rock〉, 〈모던 패밀리〉와 〈빅뱅이론〉, 〈내가 그녀를 만났을 때〉 같은 한국에서도 인기 많았던 드라마는 물론, 나중에는 국내에서는 다소 덜 알려진 〈필라델피아는 언제나 맑음〉이나 〈못 말리는 패밀리〉 같은 드라마들도 아주 재미있게 봤다.

미드가 시즌제이기 때문에 (다음 시즌을 기다

리는 게) 답답하지 않느냐는 질문을 간혹 받을 때가 있다. 전혀 답답하지 않았다고 말하면 거짓말이겠지만, 어쩌면 '미드를 본다'는 건 그런 기다림의 시간까지 포함하는 것인지도 모른다. 시즌이 끝나는 순간부터 다음 시즌을 기다리는데, 새로운 시즌이 시작하기 두어 달 전부터 마음이 설레기 시작한다. (아, 이건 『어린 왕자』 여우의 마음인가?) 좋아하는 드라마가 많으면 많을수록 그런 설렘을 자주 느낄 수 있었으니까, 내 생각엔 그런 감정은 언제나 이득이었다. 기다리던 드라마가 연달아 방영을 시작할 때는 아아, 볼 게 너무 많아! 하며 행복해하고는 했다. 참, 그랬구나. 그때는 그런 게 날 행복하게 해줬다. 이 글을 쓰면서 느끼는 건데, 나이가 드는 건 일상의 행복을 느끼는 마음이 조금씩 줄어드는 게 아닌가 싶기도 하다. 마치 당을 너무 많이 섭취하면 인슐린 저항성이 높아지는 것처럼, 이미 너무 많은 경험을 한 탓에 행복을 느낄 수 있는 행복 저항선이 높아져버린달까? (인슐린 저항성이라는 예시 자체가 너무 늙은이같군.)

미드가 시즌제라서 안 좋은 점은 갑자기 다음 시즌의 제작이 캔슬될 수 있다는 것이었다. 시즌이 취소되는 이유는 거의 다 동일했다. 시청률. 그 당

시 나는 미드가 만들어지는 방식, 그러니까 작가 시
스템과 사전 제작, 유명한 영화감독들의 참여, 기타
등등… 때문에 놀라움을 느꼈는데 반대로, 아무리
잘 만든 드라마라도 시청률이 안 나오면 하루아침
에 캔슬해버리는 그 비정함 때문에 어안이 벙벙해
질 때가 있었다. 그런 일을 당할(그렇다, 당했다는 말
말고는 다른 표현은 생각이 안 난다) 때마다 나는 내
가 좋아하던 인물들이 (죽은 상태도 아니고 산 상태도
아닌 채로) 암흑뿐인 우주를 영원히 돌아다니게 된
것 같아서 무척 안쓰러운 기분이 들고는 했다.

　　그 당시 내가 미드를 보며 가장 놀라웠던 것
중 하나는 주제나 소재의 방대함이었다. 한계선이
없는 것 같았다. 정치, 연애, 성 정체성, 유사 가족,
기타 등등, 아주 보수적인 입장부터 아주 급진적인
입장까지. 〈하우스〉에서는 리얼돌을 사랑하는 남
자에 대한 이야기가 다루어졌고, 〈커뮤니티〉에서
는 혐오를 일삼는 스탠딩 코미디언의 표현의 자유
를 어떻게 다룰 것인가에 대한 문제가 등장한다. 그
중 내게 가장 문화적 충격을 준 미드는 의외로 〈프
렌즈〉였다. 여러 가지 에피소드가 있었지만 피비가
남동생 부부의 아이를 대신 임신해서 출산하는 에
피소드는 놀라움 그 자체였다. 그 에피소드를 보기

전까지 '대리모'에 대해서 별로 생각을 해본 적이 없었던 것 같다. 〈프렌즈〉를 본 건 벌써 20년도 넘었고, 당시(지금도 그런 것 같지만) 우리나라에서 '대리모'는 다소 비틀어지고 불온한 시선 아래 있었다. 피비의 에피소드를 보면서 나는 엄청난 충격을 받았고, (물론 다른 복잡한 상황이 고려되어야 하겠지만) 타인을 위해 생명을 품는 건 상상 이상으로 경이롭고 대단한 일이라는 생각을 하게 되었다. 내게 놀라움을 안겨준 〈프렌즈〉의 또 다른 에피소드는 모니카가 자기 아빠의 친구인 리처드와 사귀는 내용이었다. 아빠의 친구라니! 어떻게 아빠의 친구와 사랑에 빠질 수가 있어? 게다가 모니카는 그 관계를 가족들로부터 인정받기까지 한다. 하지만 이 에피소드를 내가 여전히 인상적으로 기억하는 건, 그들이 사귀었다는 사실보다 헤어진 이후의 일 때문이다. 그들은 아이에 대한 서로 다른 입장 때문에 헤어지는데, 그 후 모니카는 견딜 수 없는 괴로움과 불면증에 시달린다. 모니카의 아빠가 그런 모니카를 위로하러 온다. 그러고는 리처드가 요즘 말이 아니라며, 눈 뜨고 보기 힘들 정도라고 이야기한다. 그 얘기를 들을 때 모니카의 얼굴에는 알듯 말듯 한 미소가 떠오른다. "그가 울었나요?" "아니." "아빠가 떠나기를 기다렸다가 울었을까요?" "그랬을지도 모르지." "그랬을 것 같아요." 그렇게 말한 후 모니카는 비로소 편안한 표정으로 잠에 빠져든다. 처음에는 그런 모니카를 잘 이해할 수 없었다. 나만 힘들면 억울하다는 건가? 나만큼 그가 힘들기를 원하는 건 이기적인 게 아닌가? 둘 중 한 명만 힘들면 되지 않을까? 하지만 시간이 흐른 후 나는 그 마음을 아주 잘 이해하게 되었다. 나 혼자 슬퍼하는 게 아니야, 그도 똑같이 힘들어, 내가 그와의 시간을 떠나보내기 힘든 만큼 그도 나와의 시간을 떠나보내기 힘든 거야, 우리 모두 아주 소중한 시간을 보냈어, 라는 마음. 안심.

새로운 시즌이 시작되기를 손꼽아 기다리고, 휴방에 들어간 동안에도 관련된 정보를 찾아보고, 감독과 배우들에 대해서 열렬히 관심을 가진 첫 번째 미드는 〈로스트〉였다. 〈로스트〉는 실제로 내 생활에도 영향을 끼쳤는데 그중 하나는 그 드라마 덕분에 내가 스윙댄스를 시작했다는 것이다. 〈로스트〉의 한 에피소드에 나온 음악이 좋아서 찾아보다가 '스윙재즈'라는 장르를 알게 되었고, 그 장르가 궁금해서 찾아보다가 '스윙댄스'를 알게 되었다. 그렇게 찾아간 동호회를 시작으로 나는 6년 넘게 춤을 췄고, 「그들에게 린디합을」이라는 소설을 썼다. 그리고 그 소설은 내 첫 소설집의 표제작이 되었다. 지금 돌이켜보면 춤을 추러 내 발로 찾아갔다는 사실이 놀랍기만 하다. 내 친구들은 내가 낯선 사람들과 춤을 춘다는 걸 믿지 못했고, 한 달이면 그만둘 거라고 장담했다. 사실은 나조차 그렇게 생각했다. 예나 지금이나 나는 낯선 환경에서는 과하게 긴장한다. 엄청 뚝딱거린다. 내가 오랫동안 좋아했던 선배, 동료, 후배 작가 들을 만났을 때도 그랬고, 혹은 독자님들을 만날 때도 그랬다(마음에도 없는 이상한 말을 많이 하고, 집에 가면서 후회하고는 한다). 음… 생각해보면, 춤을 출 땐 대화를 하지 않아도 되니까 괜찮았는지도 모르겠다.

미드 때문에 낯선 사람들과 만나서 대화를 나눈 적도 있다.

한국에서도 트위터를 사용할 수 있게 된 후부터는 나는 #미드당 활동(이라고 하니까 좀 이상하지만)을 했다. 지금은 그런 게 없는 것 같다. 그때는 트위터에 글을 올릴 때, 자신이 관심이 있는 것에 #을 붙였다(나 너무 옛날 사람 같다!). 그러면 관심사가 같은 사람들과 멘션을 주고받을 수 있었고, 그런 식으로 온라인으로 인간관계가 형성되기도 했다. 트위터를 하던 시절 열심히 봤던 드라마 중에는 〈굿 와이프〉와 〈글리〉가 있다. 나는 〈굿 와이프〉의 주인공 '알리시아'나 '칼린다'를 싫어했고, '다이앤'을 열렬히 좋아했으며, '캐리'와 '윌'이 좀 바보같다고 생각했다(하지만 개인적으로 '캐리' 같은 얼굴을 좋아한다). 나는 뮤지컬 영화나 드라마를 좋아하지는 않지만 〈글리〉는 꾸준히 보았다. 그때는 〈글리〉 광풍이 불었다(그때나 지금이나 나는 유행에 민감하다. 나도 안다. 이런 걸 '허세'라고 부른다는 걸). 〈글리〉의 인기가 어느 정도로 엄청났냐면, 미드 〈더 오피스〉에 등장인물들이 모여서 〈글리〉를 보는 에피소드가 있고, 〈커뮤니티〉에서도 〈글리〉가 여러 번 언급된다. 나는 때때로 〈글리〉가 유치하다고 생각했지만, 솔직히 말하자면 어떤 에피소드들은 나를 울렸다. "〈글리〉 이번 에피 보고 눈물 흘렸음 ㅜ.ㅜ #미드당". 트윗을 올리면 누군가가 답을 했다. "나도 ㅜ.ㅜ".

트위터를 시작했을 때에는 이미 〈로스트〉 방영이 끝난 후였지만 미드당에서 만난 사람 8명(의도한 건 아니었는데 그렇게 되었다. 마치 운명처럼)과 훗날 쌍제이 감독의 〈슈퍼 8〉을 보러 가기도 했다. 내 기억이 맞다면 그게 나의 첫 아이맥스 경험이었다. 눈앞에서 펼쳐졌던 기술의 충격이 아직도 생생하다(참, 요즘은 '용아맥' 아니면 쳐주지도 않는다는데 나는 '왕아맥' 이야기를 하고 있다니…. 늙은이의 숙명…). 영화를 다 보고 나서는 사람들과 근처 치킨집에 갔다. 우리는 서로의 이름이나 나이, 직업 같은 건 묻지도 않았고, 그저 〈슈퍼 8〉과 〈로스트〉, '쌍제이'에 대한 이야기만 나눴다. 거기에 모인 사람들은 모두 다 나보다 더 〈로스트〉를 사랑하는 사람들이었고 나보다 훨씬 더 〈로스트〉에 빠삭한 사람들이었다. 그들은 정말 모르는 게 없었다! 나는 무언가를 미친듯이 좋아할 순 있지만 대상에 대해 미친듯이 깊게 파고드는 건 불가능한 사람이었다. 그래서 그럴 수 있는 사람들을 보면 속절없이 경외감이 든다. 그 당시 미드당 활동을 했던 멤버 중 두 명은 여전히 친구로 지낸다. 우리는 가끔 만나 영화관에 가서 영화를 보고 밥을 먹거나 커피를 마시며 그날 본 영화 이야기를 한다. 헤어질 때면 서로에게 이런 메세지를 보낸다. "오늘 영토회 너무 재밌었어!"

온라인에만 미드 친구들이 있었던 건 아니다. 내가 〈로스트〉를 열심히 보던 시절, 나는 아직도 대학에 남아 있었다(학교에서 뭘 배웠냐고는 묻지 말아주길). 공부는 안 했고 그냥 하루하루 시간을 때우는 식이었다. 그때… 나는 좀 울보였던 것 같다. 왜 그렇게 울 일이 많았지? 하고 싶은 일이 없었고, 할 수 있는 일도 없는 것 같았다. 미래는 불투명했다. 그때는 정말이지 내가 소설가가 되리라고는 생각하지 못했고, 하루는 커피 유학(멋있어 보인다는 이유 하나로)을 떠나겠다고 다짐했다가 다음 날에는 모든 의욕을 잃어버린 채 하루 종일 침대 위에 누워 있었다. 갑자기 누군가를 사랑했다가 며칠이 지나면 시들해졌다. 오로지 이기적인 마음으로 누군가를 상처입혔고 반대로 누군가에게 상처를 받기도 했다. 바로 그런 마음이 내가 〈로스트〉를 비롯한 미드에 몰두하게 만들었는지도 모른다.

그 당시 나는 대학 본관에 있는 도서관을 사용했다. 다른 사람들이 열심히 공부를 하는 동안 나는 〈로스트〉에 대한 정보만 찾아보았다. 빈둥대는 것보다는 훨씬 나았고, 아주 중요한 일을 하고 있다는 착각에 빠져들 수 있었다. 그리고 그런 착각은 생활에 활력을 주었다. 정말로 그랬다. 과학(특히 양자역학에 관련된) 지식이 있으면 이 드라마를 더 잘 이해할 수 있다는 〈로스트〉 제작진의 인터뷰 내용 때문에 나는 도서관에 가서 내 인생 처음으로 과학서를 빌렸다(그 제목이 아직도 기억이 난다. '아인슈타인의 베일'. 하지만 그 책은 내게 너무 어려운 것으로 판명이 났다. 그다음 책으로 『백만 인을 위한 상대성 이론』을 선택했으나, 내 자신이 백만 인에 들지 못한다는 것을 받아들인 후 『초등학생을 위한 상대성 이론』을 읽기 시작했다. 사실 그것도 내겐 어려웠다). 학창 시절 나는 수학과 과학을 증오했다. 그런 내게 과학의 세계는 이해가 불가능한 영역처럼 여겨졌다. 그래도 상대성이론에 관한 이런저런 (쉬운) 교양서와 다큐멘터리를 찾아보았다. 끈이론이니 막이론이니 그런 단어를 처음 들어본 것도 그 시기였다. (브라이언 그린의 책 제목이기도 한) "우아한 우주", 그러니까 왜 물리학자나 수학자들이 '우아함'에 빠져드는지 알게 된 것도 그때였다. 여전히 이론이나 수식을 이해하지 못했지만 그전에는 존재하는 줄도 몰랐던 방법으로 세상을 바라볼 수 있다는 사실을 받아들이게 되었다. 미적분이 이 세계의 아름다움을 수식으로 표현한다는 점에 대해서도 생각해보게 되었다. 그런 식으로 (내 멋대로) 그 개념들에 빠져들었고 그 생각들은 나중에 내가 소설을 쓰는 데에 지대한 영향을 끼쳤다. 이를테면 '중력'에 대한 관점이 그렇다. 그런 나의 관심은 내 단편소설 「과학자의 사랑」과 「애드벌룬」에 직접적으로 드러난다.

내가 〈로스트〉를 열심히 보던, 학교에 머물며 하루하루 이리저리 흘러가듯 살아가던 그때 가깝게 지내던 친구 중 한 명이 내 추천으로 〈로스트〉를 보기 시작했다. 친구는 나와는 비교가 안 될 정도로 머리가 좋았고, 그러므로 나보다 과학에 대한 이해도 빨랐다. 우리는 만나면 〈로스트〉나 다른 미드에 대한 이야기를 나눴다. 물론 다른 이야기들도 많이 나눴다. 그 당시 나는 소설 습작은 거의 하지 않았는데, 아주 오랜만에 쓴 소설을 보여주자 그 친구는 이렇게 말해주었다. "너의 소설에는 너만이 쓸 수 있는 그런 게 있어." 어떤 날들은 사진으로 찍은 것처럼 머릿속에 또렷하게 남아 있다. 그 친구는 나보다는 좀 더 스마트(왠지 이런 단어를 쓰고 싶다)해서 '짤'을 만드는 방법을 익혔고(지금은 손쉽게 만들 수 있지만 그때에는 조금 복잡한 과정을 거쳐야 했다), 내가 좋아하는 장면들을 잘라 동영상으로 만들어서 보내주었다. 그 동영상들은 그 시절 내가 열심히 사용하던 블로그에 아직도 보관되어 있다.

그렇다, 이건 그냥 옛날이야기이다. 옛날이야

기, 라는 글자를 타자로 치고 있으니까 기분이 이상하다. 순식간에 너무 많은 시간이 흐른 것만 같다. 〈슈퍼 8〉을 보고 몰려갔던 치킨집은 남아 있을 것 같은데, 친구와 자주 가던 카페는 없어진 지 오래이다. 이제 〈로스트〉를 아느냐고 물어보면 모른다고 대답할 사람이 훨씬 많을 것 같다. 〈글리〉의 배우 중 몇 명은 비극적인 죽음을 맞이했다. 줄을 긋고 포스트잇을 붙이고 노트에 필기를 하며 열심히 읽었던 과학 교양서는 요즘 거의 읽지 않는다. 그때 사용하던 트위터 계정은 폭파했다. 이제 '트위터'는 'X'가 되었다. 내가 미드를 열심히 보던 시절에는 존재하지 않았던 OTT 플랫폼이 많이 생겨났다. 하지만 나는 몇 년 동안 새롭게 시작한 시리즈가 없었다. 대신, 본 걸 또 보고 또 봤다. 〈하우스〉, 〈디오피스〉, 〈매드맨〉, 〈소프라노스〉, 〈부통령이 필요해〉…. 〈윌 앤드 그레이스〉나 내가 좋아하는 영국 시트콤 〈블랙북〉은 OTT에 없어서 유튜브 클립을 찾아보고는 했다. 나는 요즘 옛날 미드만 봐, 라고 말했을 때, 누군가 말했다. "그건 퇴행적인 거예요." 그 말을 한 사람 때문에 깜짝 놀랐다. 화가 난 건 아니었다. 오히려 그 반대였다. 그런 말을 아무렇지도 않게 할 수 있는 그 자신감에 대한 경외감 같은 것.

물론 그런 자신감은 약간 징그러운 면이 있긴 하다. 꿈틀거리는 환형동물처럼. 그런 말을 들은 지 얼마 지나지 않아서 〈체르노빌〉을 보게 되었다. 이 드라마 주인공을 맡았던 자레스 해리스는 〈매드맨〉에도 출연했다. 그는 〈매드맨〉에서 무언가 잔뜩 억울함을 품고 있는 목소리와 찌그러진 듯한 표정으로 등장한다. 힘을 가지고 있지만 그걸 내색하기 싫어한다. 그에게서는 묘한 연민이 느껴진다. 그에 대한 연민이 아니라 그가 이 세상에 보내는 연민이.

　　〈매드맨〉 속 그를 생각하면 두 가지 모습이 떠오른다. 그중 하나는 한 손에 술잔을 들고 상냥하게 웃고 있는 얼굴이다(솔직히 그는 못생겼다). 그리고 다른 하나는…(다음 문장은 스포이다) 사무실에서 목을 매달고 죽어 있는 모습이다. 그가 드라마 속에서 죽지 않기를, 살아서 자신이 저지른 잘못들을 바로잡기를 바랐던 기억이 난다. 공교롭게도 그는 〈체르노빌〉에서도 목을 매단다. 그를 죽인 건 두려움이었다. 그 에피소드를 보고 나서, 나는 아주 오랜만에 글을 쓰고 싶다는 생각을 했다. 생각만 했다. 결국 쓰지 못했다. 음… 사실 지난 몇 년 동안 나는 계속 그런 상태였다. 이것도 하고 싶고, 저것도 하고 싶고, 그것도 해보고 싶고…, 이번 일만 끝나면이라고 마구 공수표를 날리고, 때때로 누군가에게 피해를 주고, 결국 아무것도 제대로 해내지 못하고… 정신을 차리고 보면 의지와 상관없이 아주 멀리 떠밀려 온 것 같은 기분이 들 때가 있었다.

그런 의미에서 이 책을 더 이상 미뤄서는 안된다고 생각했다. 아무도 기다리지 않는 책이 되었다 하더라도 일단 끝맺음을 해야 한다고 말이다. 우선, 다루고 싶은 미드의 리스트를 작성해보았다. 그렇게 의욕적으로 리스트에 넣었으나 끝내 쓰지 못한 작품들이 있다. 〈체르노빌〉이 그중 하나이고, 〈더 와이어〉나 〈소프라노스〉, 〈언브레이커블 키미 슈미트〉… 기타 등등, 사실은 아주 많다. 이 책에 옛날 드라마만 포함되지 않기를 바라는 마음으로 신작들도 열심히 찾아 보았다. 그런데 지금 이 책의 목차를 떠올려보니, 흠. 여전히 옛날 미드투성이인 것 같다. 그래도 이 책을 쓰기 위해 밤마다 새로운 드라마를 보는 건 즐거운 일이었다(재미있는 시리즈를 많이 발견했는데, 〈더 나이트 오브〉는 이제 한국에서는 볼 수가 없어져서 아쉽다. 〈하우스〉의 휴 로리를 좋아한다면 〈로드킬〉을 추천한다. 〈부통령이 필요해〉를 재미있게 봤다면 이 제작진이 그 이전에 영국에서 만든 〈더

씩 오브 잇〉을 보면 절대 후회 안 할 것이다. 〈더 오피스〉나 〈팍스 앤드 레크레이션〉을 좋아한다면 〈시트 크릭〉을 추천하고 싶다. 영국 의료보험의 명암을 다룬, 벤 위쇼 주연의 〈조금 따끔할 겁니다〉도 무척 재밌다). 소설이 그렇듯, 세상에는 재밌는 이야기가 무궁무진하다. 그건 정말 좋은 일이다.

누군가 이 책을 읽고 내가 다룬 미드를 보고 싶다는 마음이 들면 좋겠다. 실제로 그것들을 찾아보고 그 시간이 즐거웠다고 느낀다면, 그런 사람이 단 한 명이라도 있다면(사실 한 명보다는 더 많으면 좋겠지만), 나는 무척 행복할 것 같다.

파이가 있다
— 길모어 걸스Gilmore Girl's

그해, 나는 스물여섯 살이었고, 태어나서 처음으로 사회적으로 소속된 곳 하나 없는 신세가 된 참이었다. 물론 '태어나서 처음'이라는 표현은 너무 극적이기도 하고 진실도 아닐 것이다. 하지만 사회적 소속이 없다는 사실 때문에 압박감을 느낀 건, 그때가 처음이 맞다. 내 삶과 관련된 모든 게 틀려먹은 것 같고, 어떤 식으로 삶을 꾸려야 할지 전혀 답을 알 수 없을 것 같던 그런 날들. 엄마는 내가 아침 일찍 일어나서 가족과 함께 식사를 하면 좋겠다고 했지만 그런 적은 거의 없다. 눈을 뜨고 보면 식구들은 모두 다 각자의 일을 찾아 떠난 후였고, 나는 잠옷을 입은 채로 소파 테이블 앞에 멍하니 앉아 혼자 늦은 아침을 먹고는 했다. 가끔은 TV를 켜두기도 했다. 의도한 건 아니었지만, 아침을 먹으면서 가장 자주 보게 된 프로그램은 '온스타일'이라는 채널에서 방영해주던 드라마 〈길모어 걸스〉였다.

이 드라마의 주인공인 '로렐라이 길모어'는 굉장한 커피 중독자이자 삼십대 초반이지만 여전히 야채나 과일, 섬유질이 함유된 시리얼이나 계란 요리는 먹기 싫어하는 아이 입맛을 가졌으며, 유능한 모텔 관리자, 사랑스러운 수다쟁이, 수준 높은 유머 감각의 소유자, 그리고 열여섯 살 때 출산한 딸 (로렐라이 못지않은 유머 감각을 지닌) 로리 길모어를 키우는 싱글맘이기도 하다. 임신 후, 엄격한 명문 재력가인 부모님 곁을 도망치듯 떠난 로렐라이는 소도시에 정착하여 로리를 낳고 독자적 삶을 충분히 행복하게 꾸려온 참이다. 하지만 로리가 명문사립 고등학교에 진학하면서 학비 조달을 위해 부모님과의 관계를 다시 이어가게 되고, 거기에서부터 〈길모어 걸스〉의 이야기가 시작된다. (명절이 아닌 날) 처음으로 저녁 식사를 하러 로리와 함께 부모님 집을 방문한 날, 로렐라이의 어머니가 로리의 명문사립고 입학을 축하하며 "교육은 가족 다음으로 중요한 것이란다"라고 말하는데, 그때 로렐라이는 농담을 하고 싶은 마음을 참지 못해 이렇게 대답한다.

"파이도 있죠."

맞다, 파이가 있다. 파이만 있는 게 아니다. 블루베리머핀와 데니시, 글레이즈도넛과 크룰러, 팬케이크와 프렌치토스트도 있다. 로렐라이와 로리는 각자의 본분을 하러 떠나기 전, 일찌감치 모든 준비를 끝내고 식당 'LUKE'S'(이하 루크네)에 자리를 잡고 앉아서 커다란 사발에 든 커피와 원하는 메뉴로 아침 식사를 한다. 거기에 등장하는 온갖 음식들 중 가장 나의 흥미를 끌었던 것 중 하나는 '애플파이'였다. 그때까지 내가 알고 있는 애플파이는 사과조림을 넣고 구운 빵, 혹은 파이 전문점에서 파는, 위쪽에 격자무늬의 반죽이 구워진 원형이었는데 루크네에서 파는 애플파이는 그런 것과 달랐다. 빵보다는 반죽에 가까운 형태였다고나 할까? 지금 같으면 그게 애플크럼블파이라는 사실을 쉽게 알았을 테지만, 그때의 나는 그런 형태의 애플파이는 실제로 본 적이 없었고 (그러므로 당연히) 먹어본 적도 없었다. 그리고 웃기지만 가끔은 그 맛을 상상해보고는 했다.

먹어보지 못한 애플파이의 맛만 상상한 건 아니다. 어느 날, 평소보다 조금 일찍 일어난 나는 장식품처럼 식탁 위 자리를 차지하고 있던 원두커피 머신을 깨끗이 닦고, 싱크대 이곳저곳을 뒤진 끝에 찾아낸 (구입한 지 오래된 게 분명한) 분쇄 원두와 종이 필터를 이용해서 커피를 내렸다. 그리고 (역시) 싱크대를 뒤져 찾아낸 팬케이크 가루와 냉장고에서 꺼낸 계란과 우유를 섞어서 팬케이크를 굽기 시작했다. 그렇게 완성된 팬케이크 석 장과 커피를 소파 테이블에 가지고 간 뒤 TV를 틀었다. 그리고 그 음식들을 먹으면서 〈길모어 걸스〉를 보기 시작했다. 대다수의 사람은 다 자기 일을 하러 떠났을 시간에 집에 혼자 남아 늦은 아침을 먹는, 사회적 소속이 사라진 스물여섯 살짜리 여자라는 사실은 변하지 않았지만, 팬케이크는 타버렸고 커피 맛은 이상했지만, 포크로 팬케이크를 잘라서 입에 넣고 커피를 후루룩 마시는 동안 어쩐지 조금은 근사한 기분이 들었던 것 같다.

누군가 내게 좋아하는 미드를 열 편만 뽑으라고 한다면 그 안에 〈길모어 걸스〉가 들어갈까? 음, 그렇진 않을 것 같다. 나는 〈길모어 걸스〉의 결말을 알지 못한다. 내가 몇 시즌까지 봤는지, TV에서 방영하던 것을 보다가 말았는지, 아니면 중간에 방영이 중단된 건지도 잘 기억나지 않는다. 다시 찾아보고 싶다고 특별히 생각한 적도 없다. 그렇지만, 그 시절—때로는 이해할 수 없는 희망에 차오르기도 하고, 이루 말할 수 없는 두려움에 잠기기도 했던 시절—을 떠올리면 어쩐지 늦은 아침, 혼자서 밥을 먹으며 〈길모어 걸스〉를 보던 나 자신이 떠오른다. 이상하게도 그 정경 속 나는 언제나 뒷모습이다. 거실 안으로는 햇살이 비쳐 들어오고 공기 중으로 먼지의 입자가 보인다. 나는 아마도 〈길모어 걸스〉를 보면서 웃고 있을 것이라고, 생각한다.

로렐라이 길모어와 로리 길모어의 든든한 아침 식사를 책임지던 루크는 로렐라이에게 (톨스토이를 들먹이며) 이렇게 하소연한 적이 있다.

"가족이요, 문제투성이라고요. 구멍이 뚫린 물주머니처럼 계속 여기저기 새요. 마루를 닦아도 닦아도 얼룩이 마를 날이 없죠."

그리고 다른 에피소드에는 로렐라이가 딸 로리에게 이렇게 말하는 장면이 나온다.

"난 운이 좋은 것 같아. 삶이 거지 같고, 일이 거지 같고, 모든 게 다 거지 같을 때 불만을 토로하고 대화를 나눌 수 있는 사람이 있다는 게 말이야."

루크는 가족에 대해 이야기했지만, 이것은 어쩌면 삶에도 적용되는 말인지 모른다. 삶은 문제투성이에 거지 같고, 아무리 닦아도 얼룩이 마를 날이 없다. 그래도 로렐라이의 말마따나 운이 좋은 사람들 곁에는 늘 불만을 들어줄 사람들이 있다. 그런 식으로 우리는 하루하루를 한 걸음씩 앞으로 나아갈 수 있다. 하지만 운이 없는 사람이라면? 물론 그래도, 괜찮다! 모든 것이 엉망진창이 된 순간일지라도, 방향을 완전히 잃어버린 것 같아도, 이 세상에 나 혼자 남은 듯 느껴져도, 결국 나의 곁에는 언제나 나 자신이 남아 있게 될 것이므로. 그러므

로 삶이 우리를 위협하는 순간, 무엇보다 중요한 건
나 자신을 내 곁에 온전히, 잘 두려고 노력하는 일
이 아닐까? 물론 내 곁에 맛있는 파이도 함께 있다
면 더할 나위 없겠지. 그래, 결론이 이상하다는 것
을 알고 있지만 나는 결국 이렇게 말하고 싶은 욕망
을 멈출 수 없다. 파이는 교육 다음으로 중요한 게
아니라, 그 무엇보다 가장 중요한 것이라고.

침대에서 너무 빨리 나온 사람
— 윌 앤드 그레이스Will & Grace

〈윌 앤드 그레이스〉의 시즌4에는 이런 내용이 나온다. 결혼까지 약속했던 남자가 자신을 차버리고 불과 나흘 만에 다른 여자와 만난 사실을 알게 된 그레이스는 너무 큰 상처를 받은 나머지 아무것도 못하고 침대에 누워 있기만 한다. 친구인 윌과 캐런, 잭은 그런 그레이스가 너무 걱정되어서 더 이상 그냥 두고 볼 수 없다고 결정한 후 방으로 쳐들어가 침대에 누워 있는 그를 끄집어낸다. 이런 건 도움이 되지 않는다고, 나는 준비가 되지 않았다고, 아직 그럴 시간이 아니라고 항변하는 그레이스에게 친구들은 (침대에 누워 있는 것보다) 훨씬 나을 거라며, 그를 욕실로 '들고' 가서 샤워기 물로 적신다. 물에 흠뻑 젖은 그레이스는 울면서 말한다.

"얘들아, 좋아, 멈춰, 멈추라고! 있지, 내가 너희만큼 강하지 못해서 미안해. 나도 그러고 싶지만 잘 안 돼. 윌, 7년 동안 사귄 사람이 너를 떠난 후, 그 사람이 다른 사람을 사랑한다는 사실을 실감하면서 하루하루를 보내야 했지. 난 그렇게 못 하겠어. 아마 난 그렇게 되면 죽을 거 같을 거야. 그리고 캐런, 당신은 뒤에서 봐주는 남편이 감옥에 있고 언제 다시 볼 수 있을지 모르죠. 제가 당신이라면 완전히 엉망이 되었을 거예요. 그리고 잭…, 넌 정말

쾌활하지. 서른두 살이나 먹은 연기자이자 가수로서 수많은 사람과 관계를 가졌지만 아무에게도 관심을 두지 않았지. 나도 그렇게 하고 싶지만 할 수가 없어. 난 너희랑 달라. 그냥 너희와는 다르게 처리할 뿐이야. 그러니, 제발 침대로 돌아가서 내 방법으로 처리할 수 있게 해줘."

　　이렇게까지 길게 인용한 이유는 이만큼 〈윌 앤드 그레이스〉의 인물들을 축약해서 표현할 수 있는 문장은 없기 때문이다. 잘나가는 게이 변호사이지만 언제나 사랑에는 실패하는 윌, 갑부 남편을 두고 남에게 명령하기를 좋아하며 자신을 즐겁게 하는 것이라면 뭐든지(술, 명품 쇼핑, 성형…. 심지어 이런 대사도 있다. "그레이스, 나 어젯밤에 통 못 잤는데, 그게 당신 걱정을 해서인지, 아니면 내가 계속 복용한 멕시코산 암페타민 때문인지 모르겠네?") 거리낌 없이 하고야 마는 캐런, 무명의 배우이고 앞으로도 그럴 것 같지만 이 세상에서 자신보다 뛰어난 스타는 없을 거라고 생각하며 내킬 때마다 춤추고 노래하는 잭. 하지만 그레이스의 말처럼 그들의 인생을 가만히 들여다보면 그런 식의 실수와 실패, 실망과 좌절이 쑥 하고 얼굴을 내밀고 있다.

　　물에 잔뜩 젖은 채로 침대로 돌아간 그레이스

에게 잠시 후 윌이 찾아온다. 그는 그레이스의 말이 맞다고, 자신은 침대에서 너무 빨리 나온 사람일지도 모른다고 말한다. 캐런과 잭도 그레이스의 말이 맞다고 인정한다. 그들은 홀딱 젖은 채로 침대 위에 누워 서로를 부둥켜안는다.

〈윌 앤드 그레이스〉 말고도 가족 이상의 끈끈한 관계를 가진 뉴요커들의 일상을 다루는 드라마는 꽤 있다(그 유명한 〈프렌즈〉!). 어떤 이들에게 이 드라마는 게이 남성과 헤테로 여성의 우정을 전면적으로 다룬 드라마로 여겨지기도 할 것이다(이십 대 때 나와 내 친구들은 게이 남자 친구에 대한 환상을 가지고 있었다. 아무래도 고등학교 시절 널리 퍼져 있던 BL 문화의 영향인 것 같다). 하지만 내게 〈윌 앤드 그레이스〉는 무엇보다 다방면에서 우왕좌왕하고, 감정적으로 대처하고, 실패를 거듭하는 사람들에 대한 이야기로 남아 있다. 실수와 잘못된 선택, 그다음에 고난, 고난 뒤의 깨달음과 교훈, 하지만 그것이 무색하게 다시 찾아오는 또 다른 실수와 잘못된 선택의 순간, 고난, 고난 뒤의 깨달음 그리고…(무한 반복). 어떻게 보면 우리의 삶은 실제로 이런 식으로 작동하고 있는지도 모른다. 무언가를 깨달았다고, 이 실패와 고통으로부터 무언가를 분명히 배웠다고 생각하시만, 과연 언제나 그런 걸까?

〈윌 앤드 그레이스〉의 마지막 시즌이라고 할수 있는(이렇게 표현하는 이유는 시즌8로 끝낸 이 드라마가 무려 11년이 지난 후 새로운 시즌으로 다시 찾아왔기 때문이다) 시즌8의 첫 번째 에피소드는 무려 생방송으로 진행되었다. 미국 동부와 서부의 방송 시간이 달라서 배우들은 두 번에 걸쳐 연기를 했다. 그 에피소드를 보고 있노라면 이 드라마를 만드는 사람들이 이 드라마를, 그리고 이 드라마를 보는 사람들을 얼마나 사랑하고 있는지가 느껴진다.

내가 좋아하는 (또 다른) 에피소드인 시즌8의 두 번째 에피소드에서 캐런은 죽은 줄로만 알았던 남편이 살아 있었고, 범죄 조직과 연관된 일 때문에 몇 년 동안 자신을 속였음을 알게 된다. 그에 분노한 캐런에게, 윌은 남편이 살아 있다는 사실을 받아들이라며 캐런이 이제껏 살아오면서 괴로움을 피하기 위해 마음속에 쌓아둔, 많은 수의 벽돌을 허물어뜨려야 한다고 주장한다. 윌의 설득에 마음속 벽돌들을 차례로 지워가며 과거의 고통과 마주하던 캐런은 자신이 느꼈던 감정이 분노가 아닌, 슬픔과 외로움이었다는 것을 비로소 깨닫는다.

하지만 불과 며칠 후, 캐런은 처음으로 대면하게 된 감정적 순간 때문에 정신을 차릴 수 없게 되고, 윌을 찾아가 분노를 터트린다. "몇 개의 벽돌을 빼내니까 빌딩 전체가 무너져버렸어! 난 이렇게까지 감정에 노출된 적이 없었다고!" 윌은 힘들어도 떠올리기 싫은 일들을 기억하려고 애쓰고, 그것이 자신의 삶이라는 사실을 받아들여야만 진정으로 치유될 수 있다고 강력하게 이야기한다. 캐런은 코웃음을 치며 윌에게도 그의 인생에서 '벽돌을 빼낼 것'을 요구한다. 윌은 자신은 그런 상황을 언제나 외면하지 않고 맞닥뜨리면서 앞으로 나아갔다며 자신만만하게 벽돌을 빼낸다. 하지만 결국 자신이 삶의 실패―직장과 사랑―에서 도망치는 중이라는 사실과 직면하게 되고 캐런보다 훨씬 더한 괴로움에 빠진다. 시즌4에서 윌은 자신이 침대에서 너무 일찍 나왔다는 사실을 인정했지만, 시즌8에서도 여전히 침대에서 너무 빨리 나온 사람으로 남아 있었던 셈이다. 결국 둘은 술을 진탕 마시다가, 이러한 괴로움에서 벗어나기 위해서는 벽돌을 다시 쌓아야 한다는 결론에 다다른다.

"우리 같은 사람들은 그저 벽을 세워두고 모든 감정을 그 반대편에 놔두어야 해요."

하나하나 벽돌을 쌓으며 부정적인 기억과 감정 들을 숨기던 중, 월은 캐런에게 남편이 속여온 사실은 (너무나 큰 상처를 주었기 때문에) 아주 커다란 벽돌로 가려야 할 것 같다고 말한다. 그러자 캐런은 이렇게 대답한다.

"아무래도 그 벽돌은 잠시 빼두어야 할 것 같아. 가슴 아프지만, 나는 아무래도 훔쳐볼 만한 게 필요할 것 같거든."

삶의 실패를 똑바로 직시하는 것은 어렵다. 내가 겪고 있는 삶의 고통을 외면하지 않고, 있는 그대로 받아들이는 것은 너무나 어렵다. 때때로 사람들은 실패는 성공의 어머니라고 말한다. 이 문장을 이런 식으로 다르게 말할 수도 있을 것이다. 우리가 저지른 삶의 실수(실패)는 더 나은 삶, 그러니까 일종의 성공적인 삶(물론 여기서 말하는 성공은 물질적인 것만을 의미하는 게 아니다)을 위한 밑거름이 되리라고. 그러므로 우리의 실패를, 좌절을, 고통을 똑바로 직시해야 한다고. 하지만 때때로 그런 궁금증이 든다. 정말 그럴까? 그렇다면 성공적인 삶의 밑거름이 되지 못한 실패는 어떻게 되는 걸까? 성공의 어머니가 되지 못한 실패는 과연 어떻게 해야 할까? 나는 이렇게 말하고 싶다. 실패는 그저 실패, 고통은 그저 고통, 잘못된 선택은 그저 잘못된 선택이라고. 우리가 해야 하는 일은 침대에 충분히, 정말 충분히 머무는 것이다. 그렇게 충분히 침대에 머문 뒤 몸을 일으켜 빠져나갈 만큼의 힘을 얻었을 때 비로소 우리 역시 캐런처럼, 단 하나의 벽돌을 제거하고 거기에 덩그러니 놓여 있는 돌멩이 같은 실패를 슬쩍 바라보는 용기를 내볼 수 있을지도 모르겠다.

누군가를 사랑하게 된다는 것
―더 오피스The Office

내가 〈더 오피스〉를 처음 본 게 언제였더라? 음…
기억이 나지 않는다. 대충 2006년도 즈음? 그렇다
면 내가 〈더 오피스〉를 몇 번이나 반복해서 봤더
라? 음… 그것도 기억이 나지 않는다. 막연하게, 아
주 자주? 〈더 오피스〉는 제지 회사 '던더 미플린' 펜
실베이니아 스크랜턴 지점을 배경으로 진행되는 모
큐멘터리 형식의 드라마이다. 등장인물들은 때때로
카메라 앞에 앉아서 진짜 마음이나 처지를 이야기
한다. 그들이 털어놓는 이야기는 대부분 마이클 점
장(이하 마 점장)에 대한 불만이다. 마 점장을 처음
봤을 때 나도 그런 생각을 했다. 아, 뭐 저런 사람이
다 있지? 이상한 농담을 던지고, 지위를 이용해서
직원들을 조종하고(하지만 항상 실패하고), 온갖 이
유로 하루에도 몇 번씩 직원들을 회의실로 불러 모
으는 마 점장. 자신이 웃기다고 생각하며 온갖 신조
어를 만들어대고(내가 알기로 'TMI'라는 단어를 처음
만든 사람이 바로 마 점장이다), 게다가 이 모든 게 직
원들에게 사랑받고 싶어서 하는 행동들이라니! 하
지만 따져보면 던더 미플린 스크랜턴 지점에서 일하
는 사람들은 다들 좀 이상하다. 이 사무실에서 어쩌
면 마이클 다음으로 가장 괴상하고, 동시에 (역시 마
이클 다음으로) 가장 사랑스러운 드와이트. 나는 드

와이트의 앙증맞은 코를 매우 사랑한다(내 코와 비슷하게 생긴 것 같다). 음식을 다람쥐처럼 먹고 차가운 표정으로 막말을 하는 앤절라, 사무실에서 옷을 훌렁훌렁 벗어대는 각종 중독자 메러디스, 아부와 배신을 밥먹듯이 하는 라이언, 사무실에서 가장 활기차게 돌아다니며 다른 사람 이야기를 옮기는 켈리, 사무실 누구와도 어울리기 싫다는 듯 굴지만 결국은 모든 일에 참여하고 마는 스탠리…. 아, 이 드라마 도저히 못 볼 거 같아! 하지만 놀랍게도 얼마 지나지 않아서 나는 누구보다 이 드라마의 열렬한 팬이 되었다. 그걸로도 모자라 결국 던더 미플린 스크랜턴 지점에서 일하는 모두를 사랑하게 된다.

그 모두를? 아니다. 꽤 오랫동안 나의 사랑을 받지 못한 직원도 있다. 나는 호오가 분명하고, 한번 싫어하게 된 사람(이든 사물이든 그게 뭐든)을 다시 좋아하게 되는 법이 거의 없다. 〈더 오피스〉에서 오랫동안 내 눈 밖에 난 등장인물들은 바로 접수원 팸과 유능한 세일즈맨 짐이다. 팸은 같은 건물 1층 물류 창고에서 근무하는 로이와 연애 중이고, 결혼까지 고대하고 있다. 하지만 로이는 그리 좋은 남자는 아닌 것 같다. 그는 사람들 앞에서 아무렇게

나 팸을 깎아내리고, 결혼은 차일피일 미룬다.

그리고 짐은 팸을 짝사랑하고 있다.

나도 짝사랑을 해본 적이 있다. 아니, 해본 적이 있는 정도가 아니라 많이 해봤다. 고등학교 3학년 시절을 떠올려보니 그해에만 내가 짝사랑한 남자애가 무려 세 명이었다(세상에, 어떻게 그럴 수가 있었지?). 짐처럼 애인 있는 사람을 짝사랑한 적도 있다.

아무리 그렇다고 해도 나는 짐과 팸의 관계를 좀처럼 받아들이기 어려웠다. 그 둘이 사무실에서 시도 때도 없이 시시덕거리는 게 꼴 보기 싫었다. 둘 사이에 흐르는 그 이상한 분위기도 싫었다. 나는 그들이 비겁하다고 생각했던 것 같다. 서로 좋아하는 마음이 진실되다면, 짐은 좀 더 과감하게 나서야 했고 팸도 로이와의 관계를 정리해야 마땅하다고 생각했다. 결국 용기를 낸 짐이 고백을 하는데, 팸이 좋은 친구 어쩌고 하면서 거절했을 때는 분통이 터질 지경이었다. 나중에 짐은 다른 여자를 사귀는데, 그건 분명히 팸을 질투하게 만들기 위함이다(내가 보기엔 그랬다. 그리고 그때는 그런 식으로 다른 사람을 이용하는 게 세상에서 제일 나쁜 일이라고 생각했다. 지금은? 지금도 나쁜 일이라고 생각은 하지만 '세상에서 제일'까지는 아니다). 짐이 다른 여자를 사귀니까 팸은 갑자기 짐을 뺏긴 듯한 기분을 느낀다. 어쩌고저쩌고 이런저런 과정을 거쳐서 그들은 결국 연애를 시작한다. 나는 두 사람이 정말 꼴불견이라고 생각했다. 어휴, 착한 척은 다 하면서 다른 이에게는 참 아무렇지도 않게 상처를 주네!

그리고 세월이 흐른다.

세월이 많이 흐른다.

팸과 짐은 결혼을 하고, 아이를 둘 낳는다. 라이언과 켈리는 만났다 헤어졌다를 반복한다. 라이언은 본사의 높은 자리까지 올라갔다가 추락해서 다시 스크랜턴으로 돌아온다. 오스카는 게이인 사실을 아웃팅당한다. 팸은 접수원에서 (그토록 되고 싶었던) 영업사원으로 진급하지만, 자신의 적성에 맞지 않는다는 것을 알게 되고 사무실 관리자로 다시 승진(?)한다. 새로운 접수원인 에린이 온다. 마 점장은 사랑하는 여자를 만나고, 그와 인생을 함께하기 위해 스크랜턴을 떠난다(이때 나는 불안해진다. 마 점장이 없이 이 드라마가 계속될 수 있을까? 물론 그렇게 되었다. 마 점장이 떠나고 이 드라마는 두 시즌이 더 진행된다. 사람들은 이 두 시즌이 별로라고 했지만 나는 꽤 만족했다). 앤절라와 드와이트는 계약 연애를 한다. 앤절라는 주 상원위원과 결혼을 하지만 게이인 상원위원과 오스카는 바람을 피운다. 앤디가 점장이 되고, 사무실은 이상한 방향으로 자꾸 흘러간다. 짐은 답답한 스크랜턴을 벗어나 더 큰 일이 하고 싶다며 애틀랜타에서 대학 친구들과 동업을 시작하고 팸과 주말부부가 된다. 그러면서 그는 팸과 아이들에게 소홀해진다.

　　마지막 시즌인 시즌9에서 짐과 팸의 부부 생활은 위기에 봉착한다. 그리고 그들이 그런 식으로 위기에 처한 것 때문에 내 마음이 아프다. 찢어질 듯이 아프다. 그건 정말 이상한 경험이었다. 나는 짐과 팸이 싸우고 갈등하는 걸 보면서 어쩐지 그 시절, 그들이 서로의 마음을 확인하기 위해 고군분투하던(내가 그들을 꼴불견이라고 생각하던) 그 시절을 떠올리고 있었다. 도저히 사랑하는 마음을 참을 수 없어진 짐이 팸에게 달려가 비바람 속에서 무릎을 꿇고 청혼을 하던 그 시절을 말이다. 그들이 부디 그 시간들을 상기하게 되기를, 그리하여 그 시간을 그들의 삶에서 저 멀리 던져버리지 않기를, 계속해서 간직하게 되기를 바랐다.

　　그러니까 나는 그들을 사랑하게 된 것이다.

　　어떻게 그런 일이 일어날 수 있지? 어떻게 그

토록 미워하던 사람들을 이렇게까지 사랑하게 된 거지? 아마도 그건 내가 그들의 삶을 아주 오랫동안 지켜봐왔기 때문이리라. 그리고 지금 이 글을 쓰는 동안 문득 깨닫게 된 사실이 하나 있다. 나 역시 그들 같은 시간을 보낸 적이 있다는 것. 어떤 마음들이 오락가락하고, 그 모든 것을 흐지부지하게 만들고, 누군가에게 상처를 주고… 그런 적이 내게도 있었다는 것. 내가 그들을 그토록 싫어했던 건 그런 내 자신의 모습을 보는 것 같아서였는지도 모른다. 나의 버리고 싶은 부분을 그들이 적나라하게 보여주었기 때문에. 하지만 그들의 삶을 오래 지켜보면서 자연스럽게 그들을 사랑하게 되었고, 어쩌면 (내가 그토록 부정하고 싶었던) 나 자신을 조금은 사랑하게 되었는지도 모른다(그렇게 되었기를 간절하게 바라고 있다).

그렇다 할지라도, 나는 여전히 그 당시 팸과 짐의 선택을 이해하지는 못한다. 대체 그들은 왜 그런 식으로 행동한 거야? 같은 식으로, 나는 과거의 나 자신의 선택을 여전히 이해하지 못한다. 짐과 팸이 그리고 내가, 우리가 다른 식의 선택을 했으면 좋았을 거라는 생각을 한다. 그렇지만 동시에 이런 생각도 든다. 누군가를 이해하는 것과 사랑하는 것은 별개의 일이 아닐까 하는. 누군가를 이해하지 못하더라도 사랑할 수는 있다. 아, 이건 내가 한 말이 아니다. 내가 사랑하는 사람이 한 말이다. 그는 이렇게 말했다. "서로를 완전히 이해하지 못하더라도 서로를 사랑할 수 있다."

〈더 오피스〉의 명대사와 명장면은 많지만, 내가 꼽고 싶은 장면 중 하나는 이것이다. 마지막 시즌에서 짐과의 갈등이 극에 달한 팸은 사무실에 홀로 남아 전화로 (애틀랜타에 있는) 짐과 대판 싸운다. 서로에게 상처가 될 만한 말을 잔뜩 하고 전화를 끊은 후 팸은 자리에 앉아 소리 죽여 운다. 빈 사무실에서 혼자 우는 팸. 그때 화면 밖에서 들려오는 누군가의 목소리. 세상에, 팸은 사무실에 혼자 있는 게 아니었다!

"이봐요, 괜찮아요?"

팸은 괜찮지 않다고 대답하며 반문한다.

"내가 뭘 잘못한 거죠, 브라이언?"

그랬었지. 모큐멘터리 형식인 〈더 오피스〉에는 '더 오피스'라는 다큐멘터리를 만들기 위해 지난 9년 동안 던더 미플린 사람들의 행동 하나하나를 카메라에 담고, 그들을 인터뷰하는 (보이지 않는) 사람들이 계속해서 존재해왔던 것이다. 내가 본 모큐멘터리 형식의 드라마들 중에서 이런 식으로 화면 밖 사람들을 드러낸 건 〈더 오피스〉가 유일했다. "괜찮아요?"라고 질문을 건넨, 브라이언이라는 남자의 갑작스러운 등장 때문에 나는 충격을 받았다. 그런 식으로 보이지 않는 곳에, 카메라 뒤에 존재하는 이들이 있었다니. 이름을 가진 사람들이 있었다니.

아마도 그 장면을 보며 어렴풋이 그런 생각을 했던 것 같다. 그게 바로 소설가의 목소리 같다고. 더 정확하게는 소설가가 위치하는 바로 그 장소 같다고. 〈더 오피스〉 속 '더 오피스'를 찍고 있는 그 사람들이 서 있는 바로 그곳. 그런 식으로 소설 속, 소설가는 모습을 드러내지 않은 채로 누군가의 삶을 전달해주는 존재이리라고. 소설가의 눈과 목소리는 인물의 삶과 그 삶을 읽는 사람들 사이에 언제나 존재하고 있어야 하리라고. 그러므로 나는 인물들의 삶을 잘 전달하기 위해 내 인물들의 삶을, 감정을, 얼굴을 잘 관찰해야 하리라고. 좋은 망원경을 가지고 있어야 하리라고. 내 첫 번째 장편소설 『디어 랄프 로렌』의 작가의 말에 나는 던더 미플린의 마 점장의 말을 인용했다.

"가끔 나는 다른 행성에 사는 우주인을 생각해

요. 매우 멀리 사는 사람 말이죠. 지구의 많은 문제들은 그에게 전혀 문제가 되지 않을 거예요. 왜냐하면 멀리서 보면 우리는 그저 작은 불빛일 뿐이니까요. 그렇지만 어떤 우주인은 날 위해서 가슴 아파할 거예요. 그는 굉장히 좋은 망원경을 가지고 있거든요. 그래서 그는 내 얼굴을 볼 수 있으니까 말이에요."

필요하다면, 이 에피소드의 브라이언처럼 모습을 드러내는 일도 가능할 것이다. 브라이언은 들고 있던 대형 마이크를 내려두고 팸에게 다가간다. 다른 스태프가 그러면 안 된다고 경고하지만, 9년 만에 처음으로 카메라 앞에 등장한 브라이언은 팸에게 당신은 아무 잘못이 없다고, 그냥 지금은 좀 힘들 뿐이라고 위로를 건넨다.

마지막 시즌 25화에서 짐은 팸이 얼마나 소중한 사람인지를 알려주려고 '더 오피스' 영상팀에게 부탁해 자신들의 장면을 편집한 영상이 담긴 CD(!)를 팸에게 건넨다. 팸이 사무실에서 보는 그 영상을 나도 함께 본다(정말로 팸과 함께 영상을 보는 듯한 기분이 들었다). 영상 속에서 그들의 사랑의 역사가 펼쳐진다. 나는 그 영상을 보면서 짐과 팸의 사랑뿐만 아니라 드와이트와 앤절라의 사랑을, 에린과 앤디, 에린과 피트의 사랑을, 라이언과 켈리의 사랑을, 마이클과 젠의 사랑을, 마이클과 홀리의… 사랑을 떠올렸다. 드와이트와 짐의 시간을, 메러디스와 앤절라와 필리스의 시간을, 토비와 스탠리의… 시간을 떠올렸다. 마이클이 그 사무실에서 보낸 시간을 떠올렸다. 그들이 그 사무실에서 보낸 시간들을 떠올렸다. 그 사이에서 서서히 만들어졌을 감정들. 서로 다투고 질투하고 증오하고, 그렇지만 결국은 서로를 사랑하게 된 바로 그 시간을.

두 편으로 이어지는 피날레 에피소드를 볼 때는 눈물을 줄줄 흘렸다. 나는 드라마와 관련한 코멘터리 영상은 잘 보지 않는 편이지만, 〈더 오피스〉 코멘터리 영상만은 끝까지 보았다. 그리고 그걸 보는 동안에도 울었다. 나는 휴지로 코를 팽팽 풀면서 생각했다. 이렇게 대책없이 모두를 사랑하게 만들어놓고 무책임하게 떠나버리다니!

〈더 오피스〉에서 '더 오피스'가 방영된 후, 던더 미플린 직원들은 인터뷰를 한다. 팸은 말한다. "결말에 다다르기 싫은 두꺼운 책을 읽는 것과 비슷해요. 계속 붙들고만 있어도 좋아요. 책을 결코 덮고 싶지 않으니까요." 결말에 다다르기 싫은 두꺼운 책. 이것보다 이 드라마를 더 잘 표현할 수 있는 말은 없을 것이다. 언제까지나 그 책을 붙들고만 있을 수 없지만, 다행스럽게도 나는 언제든 다시 그 책을 펼쳐볼 수 있다.

그렇다 하더라도 더 이상 그들의 삶을 지켜볼 수 없다는 사실이 슬프다. 어쩐지 이 우주 어딘가에 정말로, 던더 미플린 스크랜턴 지점 사람들의 삶이 계속되고 있으리라는 생각을 떨쳐내기가 어렵다. 정말로 어딘가에 그들이 존재하고 있을 것만 같다 (그랬으면 좋겠다). 행복해지고 싶어서 엉뚱한 노력을 하고, 말도 안 되는 결론에 다다르고, 사소한 일로 서로에게 삐졌다가 작은 계기로 풀어지면서. 그들은 너무나 다른 사람들이어서, 서로를 완전히 이해하지 못할지도 모른다. 그래서 마음속에 서로에 대한 앙금이 남아 있을지도 모른다. 그래도 그들은 서로에게서 멀어지지 않고 여전히 우당탕탕 '던더 미플린'에서 북적거릴 것이다. 마 점장처럼 그곳을 피치 못할 이유로 떠나더라도 서로를 기억할 것이다. 시간의 결을 따라, 어쩔 수 없이 서로를 사랑하게 되었으므로.

안 될 것 없죠
―커뮤니티Community

영국 출신의 신경과학자 올리버 색스의 『화성의 인류학자』에는 아스퍼거증후군인 템플 그랜딘에 대한 이야기가 실려 있다. 일반적인 감정을 느끼지 못하는 그는 사람들과의 관계를 잘 유지하기 위해 자신만의 방법을 고안해낸다. 엄청난 양의 책을 읽으면서 거기에 나온 인물의 태도나 감정 들을 학습하고 기억해두는 것이다. 그는 자신의 머릿속에는 거대한 도서관이 있다고, 필요할 때마다 거기에 있는 책을 꺼내 읽고 주위 사람들과의 관계에 적용시킨다고 말한다. 그는 인간을 학습하지 않으면 안 된다. 그는 자기 자신을 '화성에서 온 인류학자'라고 부른다.

그린데일커뮤니티칼리지의 스터디그룹을 배경으로 하는 드라마 〈커뮤니티〉에는 아벳이라는 아스퍼거증후군 환자가 나온다. 아벳은 책이 아니라 각종 드라마와 영화, 쇼를 통해 인간을 학습하고, 친구들을 이해한다. 〈커뮤니티〉의 그 수많은, 빛나는 패러디(〈반지의 제왕〉, 홍콩 누아르, 〈대부〉, 〈샤이닝〉, 〈펄프 픽션〉 그리고 기타 등등)와 한계 없는 상상력(다중우주 여행, 아이스크림 수업 수강권을 얻기 위해 열리는 서바이벌 게임, 담요 요새의 전쟁, 세뇨르 챙의 캠퍼스 진압, 스터디룸의 물건들을 훔치는 원숭이,

어둠의 에어컨 수리학과, 드리머토리움 그리고 기타 등
등)의 세계가 아무런 무리 없이 자연스럽게 작동하
는 건, 아벳이라는 캐릭터가 존재하고 있기 때문이
라고 말해도 과언이 아니다. 아마 이 글을 읽는 독
자 중 트위터를 열심히 하는 이라면 이런 짤을 본
적 있을 것이다(아, 이제는 트위터가 아니라 X지만.
gif 버튼을 누르고 '불'을 검색하면 나온다). 트로이가
피자 박스를 들고 왔더니 거실이 불에 타고 있는 장
면. 〈더 오피스〉만큼이나 짤을 많이 생산해낸 건 이
드라마가 우리의 상상 너머 세계를 화면으로, 그것
도 너무나 천연덕스럽게 보여준 덕분일 것이다.

　　천연덕스러울 것. 나는 소설을 쓸 때 내 자신
이 천연덕스러워지기를 바란다. 이런 식으로 전개
하면 뭐 어때? 갑자기 이런 인물이 등장하면 뭐 어
때? 등장인물이 이런 말을 하면 뭐 어때? 어쩌면 그
건 〈커뮤니티〉 같은 드라마의 영향 때문인지도 모
른다.

　　〈커뮤니티〉의 또 다른 천연덕스러운 에피소
드 '여성학과 공기역학'에서 제프와 트로이는 농구
를 하던 중 멀리 튕겨 나간 공을 찾으러 간다. 수풀
을 헤치고 도달한 곳은 뭔가 분위기가 이상하다. 성
스러운 빛이 내리쬐고 잘 손질된 나무가 빽빽이 들

어선 광장 중앙에 트램펄린이 있다. 갑자기 나타난 정원사(〈부통령이 필요해〉에서 마이크를 연기한 맷 월시이다)는 이곳이 "평화와 균형이 존재하는 장소"라며, 트램펄린을 타면 "공중으로 뛰어올라서 꼭대기에 다다를 때마다 세상 모든 게 머릿속에서 지워질 거"라고, 그 고요한 순간을 즐기라고 덧붙인다. 제프와 트로이는 트램펄린 위에서 점프하며 마음의 안식을 얻는다. 트램펄린 위에서의 시간은 쏜살같이 지나간다(그곳의 30초는 현실에서 한 시간이다). 이 에피소드를 본 후 나는 자주 제프가 트램펄린을 타는 장면을 떠올리고는 했다. 공중으로 떠오를 때마다 짓던 표정, 다른 세계로 통하는 문, 다르게 흐르는 시간, 푸른 하늘, 구름, 안식, 평화와 균형. 그 균형이 깨진다면 무슨 일이 일어날까? 나는 한동안 그런 질문 속에 빠져 있었고, 그렇게 소설 한 편을 썼다. 「고양이의 보은—눈물의 씨앗」. 이 소설은 갑자기 이유 없이 터진 눈물이 멈추지 않아서 아무 일도 할 수 없게 된 소설가가 고양이 눈이의 안내에 따라 건너편 세계로 가게 되는 이야기이다. 그는 그곳에서 눈물의 씨앗을 공유하는 또 다른 자신에 대해 알게 되고, 자기가 왜 그렇게 눈물을 흘리는지 알게 된다. 어째서 눈물의 균형이 깨졌는지도. 한동안 이 소설은 내가 쓴 것 중 최애 소설에 등극해 있었다.

템플 그랜딘이 지구인을 관찰하는 일종의 '인류학자'인 것처럼, 어쩌면 이 드라마는 인간이라는 종을 관찰하는 인류학자가 되고 싶은 건지도 모른다(시즌2의 주요 과목은 인류학이다). 〈커뮤니티〉의 주요 인물들은 무신론자와 유신론자, 사회운동가와 차별주의자(내가 써놓고도 '차별주의자'가 말이 되나 싶지만, 어쩐지 가능할 것 같다. 모든 것을 구분 짓고 싶어서 안달이 난 사람들이 내 주변에도 있으니까), 부자와 가난한 사람, 노인과 젊은이, 남자와 여자, 이성애자와 성소수자, 아시안과 흑인, 백인과 아랍계 미국인이라는 아주 다양한 카테고리로 이루어져 있다. 다루는 주제 역시 다양하다. 갈등, 싸움, 질투나 상실, 용서와 사랑, 때로는 자본주의와 여성주의, 소수자 문제, 표현의 자유, 정치적 올바름을 다루려는 야심까지도 숨기지 않는다. 이건 순전히 내 생각인데, 그래서 결국 이 드라마가 일종의 '화성의 인류학자'로서 내린 인간에 대한 결론은 이런 것 같다. (그린데일커뮤니티칼리지 총장의 입을 빌려) "영원히 배수구나 맴도는 사람들". 노파심에 덧붙이는

데, 이 말을 하는 총장 역시 여기에 속해 있다(그는 그걸 잘 알고 있고, 심지어 즐기는 것처럼 보인다).

이를테면, 이 드라마의 주요 인물들은 모두 쓰디쓴 실패를 겪는 중이다. 잘나가는 풋볼 선수였지만 졸업파티 때 술을 마시다가 어깨 부상을 당하면서 명문대 대신 그린데일로 온 트로이, 지독한 왕따였고 모든 것을 완벽하게 해내고 싶어서 약물 의존증까지 겪은 적 있는 애니, 여성문제를 비롯한 각종 사회문제에 관심이 많지만 썰렁한 농담을 남발하고 항상 핀트가 어긋나는 브리타, 독실한 기독교 신자이자 엄청난 수다쟁이에 참견쟁이 이혼녀 셜리, 인종이나 성차별적인 발언을 거리낌 없이 내뱉는 (무려 결혼을 일곱 번 한) 할아버지 피어스, 자기 외모에 푹 빠져 사는 이기적인 제프는 자격증도 없이 변호사로 활동하다가 학위를 다시 따러 '커뮤니티'로 온 참이다. 처음에 그들이 바란 것은 오직 하나였다. 되도록 빨리 커뮤니티를 졸업하고 이 시절을 훌훌 털어버리는 것. 각자의 배수구를 벗어나는 것. 하지만 드라마가 진행되면서 그들의 생각은 조금씩 바뀐다. 여전히 그 실패 속에 있지만 그들은 의기소침하거나 우울해하거나 괴로워하지 않는다. 더더욱 기상천외한 방식으로 사고를 치고, 그것을 수정하고, 또 사고를 친다. 좀 더 활기 넘치게!

〈커뮤니티〉에서 내가 좋아하는 에피소드 중 하나인 '내려놓기의 심리학'에서 피어스 할아버지는 영생을 약속한 종교에 빠져 있는데, 그 이론은 다음과 같다. 죽은 사람의 에너지를 기화시켜 '에너지 봉'에 보관하고 있다가, 시간이 흘러 기술이 발전한 이후 기화된 에너지를 다시 잘 보관된 육체로 불어넣는다는 것이다. 그러므로 피어스는 어머니가 죽었을 때에도 전혀 슬퍼하지 않는다. 그는 어머니의 '에너지 봉'을 가지고 다니면서 죽음이라는 개념 자체를 받아들이지 않는 것처럼 군다. "좋은 모든 것은 결국 썩은 내 나는 잔해 더미로 남는다는 것"을 알려주고 싶은 제프는 트로이와 함께 시체 안치소로 피어스를 데려가기로 한다. 차가운 시체로 남은 그의 어머니를 직접 보여줄 계획이다. 아이스크림을 먹으러 가자는 제프의 거짓말에 속아 신체 안치소로 향하는 차에 타게 된 피어스는 우연히 어머니의 유언이 담긴 CD를 발견한다. CD 안에서 흘러나오는 엄마의 목소리.

"피어스, 이 CD를 듣는다면 난 죽었다는 의미겠지. 나는 기화된 게 아니라 죽었단다. 영원히 떠났단다. 그리고 난 그편이 좋구나. 인생은 짧으니까 의미 있는 거다. 본디 삶은 열심히 살고 움직이라고 있는 거야. 충실히 보내고 마음껏 느끼면서 삶의 매 순간을 실수로 채우고, 힘닿는 만큼 기적으로 채워야 한단다. 그다음에 잘 놓아줄 줄도 알아야 한다. 너에게 억지로 강요할 순 없지만 너도 어미를 억지로 붙들 수는 없는 거란다. 그 바보 같은 뚜껑을 열어보면 메이드 인 차이나인 걸 확인할 수 있을 거다. 사랑한다. 아들아, 잘 있거라."

매 순간을 실수로 채우고 힘닿는 만큼 기적으로 채우는 것.

나의 매 순간이 실수로 채워져 있다 해도, 힘닿는 만큼 기적으로 채우려고 노력하는 것.

기적.

방을 청소하는 것, 아이돌의 사진을 모으는 것, 맛있는 걸 먹는 것, 좋아하는 드라마나 책을 보는 것, 반려동물을 쓰다듬는 것, 좋아하는 이를 만나 수다를 떠는 것, 이 모든 것이 기적이 될 수 있을까? 될 수 있다.

책을 읽으며 인간을 탐구하던 템플 그랜딘은 나중에 동물학자가 된다. 그랜딘이 가축들을 위해 만든 장치가 있다. 나는 오래전 그랜딘을 다룬 다큐멘터리에서 이 장치를 보았다. 그건 마치 가죽으로 만든 커다란 해먹처럼 보인다. 그랜딘은 불안해하는 소를 거기에 들어가게 한 뒤 가죽의 모서리에 연결된 줄을 잡아당긴다. 그런 식으로 가죽 안 공간을 좁히면서 소를 조금씩 압박한다. 불안해하던 소는 그 장치 안에서 점차 안정감을 느끼고 편안해진다. 마치 누군가가 소의 몸 전체를 포옹해주는 것처럼. 그랜딘은 그걸 '포옹 기계'라고 부른다. 그리고 자신도 가끔 그 기계에 들어간다고 말한다. 누군가가 나의 몸에 가벼운 압박을 주는 것만으로, 혹은 내가 누군가의 몸에 가벼운 압박을 주는 것만으로도 안정감을 느낄 수 있다는 것, 불안을 쫓아내고 행복해질 수 있다는 것. 내 생각에 이것 역시 기적 같은 일이다.

물론 위에 열거한 이런 기적들이 우리를 배수구에서 꺼내주는 것은 아니다. 이러한 기적의 유효기간은 지나치게 짧을지도 모른다. 그래도 괜찮다. 서둘러 그다음 기적을 행하면 되니까! 그런 식으로 우리는 힘을, 작은 힘을 낼 수 있다. 그런 식으로 우리는 자신의 배수구에서 사는 방법을 터득해나갈 수 있다. 그리고 운이 좋다면 다른 사람의 배수구를 이해하게 될 것이다. 시즌5의 마지막 에피소드에서 애니는 감정을 가진 컴퓨터를 만들려다가 몇십 년간 은둔하며 살아온, 결국 주인공들을 죽을 위기에 처하게 만든 그린데일커뮤니티칼리지의 설립자를 옹호하며 이렇게 말한다.

"우린 서로 존중해야 해요. 우리가 추구하는 욕망이 고통만 낳을 허황된 꿈이라는 게 분명하다고 해도 마음대로 그 꿈을 좇을 수 있게 해야죠."

우리가 타인의 어두운 마음을 모두 다 이해해야 한다는 것은 아니다. 하지만 애니의 이 말은 최고의 포옹이나 마찬가지인 것 같다. 나조차도 설명할 수 없는 나를, 있는 힘껏 이해하려고 노력하는 누군가의 마음이 있다는 것이니까.

어머니의 유언을 들은 피어스는 그걸 받아들이기는커녕 "죽음이 다가오니까 어머니가 분별력이 없어졌어"라며 대수롭지 않게 CD를 차창 밖으로 내던져버린다. 아직도 어머니가 에너지 봉 속에 들어 있다고 믿느냐는 트로이의 질문에 피어스는 반문한다. "그러면 안 되냐?" 그러자 트로이는 대답한다. "안 될 것 없죠." 에너지 봉을 꽉 잡고 있는 피어스를 바라보던 제프는 그에게 어머니의 시신을 보여주려고 했던 마음을 접는다. 아이스크림 가게로 차를 돌린다. 흠, 그래, 안 될 것 뭐 있나. 영원히 배수구나 맴돌면 어떠한가. 그래도 삶은 계속되고, 우리는 작은 기적들을 부릴 수 있고, 누군가를 안아 줄 수 있는 것을. 살아 있는 한 허황된 꿈은 계속될 수 있는 것을.

무서운 삶

—사인필드Seinfeld

'사인필드'라는 시트콤을 한국에서 방영한 방송국은 EBS였다(아닐 수도 있지만 어쨌든 내 기억은 그렇다). 나는 EBS에서 방영한 또 다른, 훌륭한 (드라마는 아니지만) 프로그램을 알고 있다. '샐러리맨 딜버트'라는 애니메이션인데, 둘 다 (시청자들이 알아차리면 안 된다는 듯이) 늦은 밤 '몰래' 방영되었고, 어느 날 일언반구도 없이 종료되었다. 〈사인필드〉를 봤을 때(아마도 2000년대 초중반이 아니었을까) 이 시트콤의 화면이 다소 예스럽다고 느꼈던 기억이 난다. 하지만 그것을 제외한 〈사인필드〉 속 거의 모든 것은 믿을 수 없을 정도로 세련되었고 최첨단이었다. 그리고 이 생각은 매일 밤, 넷플릭스로 에피소드를 하나씩(아니다. 사실은 두 개씩, 아니 세 개씩, 아니…) 다시 보고 있는 요즘도 변함없다.

좋아하는 드라마에 대해서는 언제나 그렇듯이 〈사인필드〉에 대해서도 하고 싶은 말이 많다. 이 혁신적인 시트콤이 남긴 빛나는 성취는 지금 당장 구글에 '사인필드'라고 검색하는 순간 알 수 있을 것이다. 이 드라마를 설명할 때 가장 광범위하게 사용되는 정의는 "아무것도 일어나지 않는 쇼"인데, 이 완벽한 문장은 평론가의 독창적인 표현이 아니라 〈사인필드〉에서 등장인물의 입으로 직접 말해진 것이다. 매 에피소드는 이 시트콤의 기획자이자 창작자이자 주연배우이자 스탠드업 코미디언 '제리 사인필드'의 공연으로 시작된다(그렇다. 이 시트콤 안에서 그가 맡은 역의 이름 역시 '제리 사인필드'이고, 직업은 스탠드업 코미디언이다). 극 중에서 사인필드는 맨해튼에 사는, 이제 막 명성을 얻기 시작한 코미디언이다. 또 다른 등장인물이자 사인필드의 친구인 조지 코스탄자와 일레인 베네스 그리고 코스모 크레이머의 관계는 훗날 〈프렌즈〉나 〈윌 앤드 그레이스〉, 심지어 〈섹스 앤드 더 시티〉에 등장하는 주요 인물들의 관계에 많은 영향을 끼쳤으리라고 예상해볼 수 있다.

'아무것도 일어나지 않는다'라는 문장 속에 숨겨진 의미는 명백하다. 말 그대로 특별한 일이 별로 일어나지 않는다는 것. 그들은 거의 항상 똑같은 식당에서 만나 아침을 먹고, 출근을 하고, 누군가를 만나 데이트하고, 소파를 사러 가고, 집들이 선물 때문에 빵집에 들르고, 쇼핑몰 주차장에 주차해놓은 차를 찾아 나선다. 어떤 에피소드는 오로지 각 인물의 지하철 여정만을 그리고 있을 정도다. 하지만 거의 모든 에피소드는 비극으로 끝나는 것처럼 보인다. 새로 산 소파에 누군가 오줌을 싸고, 빵집에서는 새치기를 당해서 마지막 남은 완벽한 케이크를 살 수 없게 된다. 쇼핑몰에서 주차해둔 차를 찾지 못해 모든 일정은 망가지고, 지하철이 멈추는 바람에 일레인은 친구의 결혼식에 제때 도착하지 못한다(그는 그들의 결혼반지를 가지고 있었다). 물론 이런 상황을 '비극'이라고 말하는 것은 의도된 호들갑이다.

'비극'이라고 불릴 자격을 얻으려면 이 정도는 되어야 한다. 이를테면 시즌4 마지막 에피소드에서 NBC 방송국의 사장은 일레인에게 매력적으로 보이고 싶어서 사장직을 내려놓고 고래잡이배를 저지하는 활동가로 일하다가 바다에서 목숨을 잃는다. 시즌6 6화에서는 서커스에서 외줄타기를 하던 단원이, 신장결석에 시달리던 크레이머가 통증으로 비명을 지르는 바람에 균형감각을 잃고 추락한다. 제리의 먼 친척 할머니는 제리가 꺼낸 기분 나쁜 이야기 때문에 불쾌감을 느끼고 시름시름 앓다가 갑자기 사망한다. 본의 아니게 암이라고 제리를 속인 친구는, 운전 중 제리에게 선물받은 가발을 매만지다가 교통사고로 죽는다. 이것 말고도 많다. 아무도 어떤 악의를 가지지 않았고, 직접적인 원인을 제공하지도 않았건만 이 시트콤의 많은 사람들은 죽거나 다쳤다. 그렇다면 이걸 '아무런 일이 일어나지 않는 쇼'라고 할 수 있을까?

어쩌면 이런 식으로 바꾸어 말할 수도 있을 것 같다. 〈사인필드〉 속 죽음은 '아무 일도 일어나지 않는' 일상의 단면일 뿐이라고. 특별하지 않은 것으로서의 죽음. 어떤 사람이 길을 걷다가 돌부리에 걸려 넘어지는 것처럼, 죽음이 언제 어디에나 산재해 있다는 이러한 아이디어를 받아들인다는 것은 아무래도 좀 곤혹스럽다. "이사할 땐 온 세상이 상자가 되죠. 상자 생각밖에 안 해요, '상자가 어디에 있지?' (…) 대화도 불가능하죠. 집중이 안 되거든요. '닥쳐! 상자 좀 찾게!' (…) 가게에 들어가서 이러죠. '여기 상자가 있어, 감히 없다고 말하지 마. 젠장, 냄새가 난다고!' 집착하게 돼요. (…) 장례식장에서도 다른 사람은 우는데 관을 보며 이래요. '멋진 상자야. 저거 어디서 샀는지 알아요? 장례식 끝나면 내가 가져도 돼요? 손잡이가 꽤 괜찮은데?' 죽음은 인생의 마지막 이사입니다. 영구차는 이삿짐 트럭, 상여꾼들은 친한 친구들이죠. 그런 중요한 이사를 부탁할 수 있는 유일한 사람들 말이에요. 관은 정말 우리가 그토록 찾던 완벽한 상자입니다. 일단 찾으면 우리가 들어가야 한다는 게 문제지만요." 극중에서 스탠드업 무대에 선 사인필드가 죽음에 대해 이렇게 말한 후 얼마간은 애처롭고, 얼마간은 익살스러운 표정을 지을 때 관객들은 어떤 반응을 보였을까? 그들은 웃는다. 소리 내어 웃는다.

이 시트콤에서는 죽음을 비롯한 모든 것이 웃음의 대상이 될 수 있다. 수치스러운 경험, 잔인한 실연, 부모님의 이혼, 갑작스러운 해고, 세상에서 가장 비천한 존재가 된 것 같은 느낌을 받는 순간들조차. 그렇다고 하더라도 우리는 드라마가 끝난 후, 이 '아무것도 일어나지 않는 쇼'가 누군가의 죽음과 상처, 좌절과 수치심을 처리하는 방식에 대해 기이한 감정 혹은 이상한 낯섦을 느끼게 될 것이다. 드라마를 보는 동안 그들에게 너무 가까이 있었기 때문에 그 순간들을 그저 웃고 넘겼다는 뒤늦은 자각 같은 것. 그리고 나지막하게 한숨을 쉬게 될지도 모른다. '아, 그래, 그런 게 삶이지. 모든 웃음 속에는 비극이 숨어 있지. 아, 이 얼마나 무서운 삶이냐!' 하지만 다음 에피소드를 재생시키는 순간, 우리는 또한 웃을 것이다. 소리 내어서. 그러므로 이 드라마에서 추구하는 목표는, 찰리 채플린의 유명한 격언, "인생은 멀리서 보면 희극이고 가까이서 보면 비극이다"를 정확히 뒤집어놓은 바로 그 상태인지도 모른다는 생각이 든다. "인생은 가까이서 보면 희극이고 멀리서 보면 비극이다." 그러므로 자신의 삶을 최대한 가까이서 보라. 당신 자신을 마주하고 웃을 수 있도록.

가까이서 봐도 희극이고 멀리서 봐도 희극인 인생은 존재하지 않는다. 가까이서 봐도 비극이고 멀리서 봐도 비극인 인생은 존재하지 않았으면 좋겠다.

마냥 미워할 수 없는 사람
—부통령이 필요해Veep

〈부통령이 필요해〉는 미국 최초의 여성 부통령인 셀리나 마이어의 (역시) 미국 최초의 여성 대통령 도전기를 다룬 블랙코미디이다. 드라마 안에서 (쓴)웃음을 유발하는 사람들은 당연히 정치인과 그 주변 인물이다. (한 번도 얼굴이 등장하지 않는) 대통령은 유약하고 제대로 해내는 일이 하나도 없다. 아, 제대로 하는 일이 하나 있긴 하다. 부통령을 '따돌리는 것'. 백악관 서쪽 별관인 웨스트 윙과 가장 먼 곳에 부통령의 집무실을 마련해두고 절대로 부통령을 만나지 않는다. 뒤늦게 회의 일정을 알게 된 셀리나는 참모들과 함께 웨스트 윙까지 (하이힐을 손에 들고) 뛰어가지만 늘 허탕을 친다. 한바탕 달리기가 끝난 후, 셀리나는 자신의 직원들을 비난하기 시작한다.

셀리나의 참모진은 자주 비난의 대상이 되고 자주 면전에서 욕을 먹는다(이 드라마에 나오는 정치인들은 욕설과 모욕적인 언사를 숨 쉬듯 하는데, 때때로 그 수위가 너무 높아서 글로 옮길 수 없을 정도이다. 정말로 심하다. 귀에서 피가 날 것 같다). 대변인인 마이크 매클린톡은 연설문에 쓸 적합한 단어 하나 제대로 떠올리지 못하지만, 먹는 데만큼은 진심이다. 드라마 전 시즌을 통틀어 그가 머뭇거림 없이 의견을 밝혔던 건, 설리나가 브런치 모임에서 구워야 하는 팬케이크에 대해 설명할 때였다. 댄 이건은 잘생긴 얼굴로 원 나이트를 밥 먹듯이 하는데, 정자 기능이 좋지 않다는 진단을 받았을 때에는 "아싸! 콘돔 안 써도 되네" 하며 오히려 좋아한다. 본인이 제일 잘났다고 생각하지만, 그토록 바라던 선거 매니저가 된 이후에는 압박감에 못 이겨 설리나 앞에서 기절하는 참사를 벌이기도 한다.

개리 월시는 설리나의 온갖 물건(화장품부터 탐폰까지)이 든 엄청 무거운 가방을 들고서 언제나 그 주위를 맴돌며 적절한 순간에 귓속말로 적절한 정보를 준다. 그는 설리나를 지나치게 '추앙'(이것보다 적절한 단어가 없다)해서 죽었다 깨어나도(심지어 설리나가 자신을 아무리 대놓고 무시하고 매정하게 굴어도) 그를 배반할 수 없다. 엄청난 일 중독자 에이미 브룩하이머는 워싱턴에 떠도는 정보를 혹시라도 놓칠까 봐 잔뜩 긴장한 채로 두 손에서 전화기를 놓지 않는다. 긴장한 탓에 목소리는 언제나 파르르 떨리고, 양쪽 어깨는 경직돼서 위로 솟아 있다. 참고로 말하자면, 에이미 역을 맡은 안나 클럼스키는 영화 〈마이 걸〉의 주인공이었다. 어릴 적 〈마이 걸〉을 재미있게 본 사람으로서 클럼스키를 다시 봐서

매우 반가웠다. 나는 에이미를 사랑했다. 찡그린 이마, 잔뜩 올라간 어깨, 어이없다는 듯한 그 표정을. 너무 사랑한 나머지 소설의 주인공 이름으로 에이미 브룩하이머를 쓴 적이 있을 정도다. 대통령의 참모진이었다가 셀리나의 팀으로 들어오는 켄트와 벤도 있다. 켄트는 통계에 집착하고, 벤은 다소 우울한 표정을 한 채 커다란 보온병을 들고 다닌다.

이들을 보면 떠오르는 단어가 하나 있다. 오합지졸. 셀리나는 어떻게 저런 사람들을 데리고 부통령 자리까지 올라갈 수 있었을까? 하지만 이 시리즈 몇 편만 보면 완전히 납득할 수 있다. 정치판 전체가 그저 커다란 오합지졸의 모임이다! 오합지졸인 상원의원들, 오합지졸인 하원의원들, 오합지졸인 로비스트들, 오합지졸인 장관들, 기타 등등. 이 오합지졸들은 서로를 바라보며 웃는 바로 그 순간에도, 자신에게 정치적 이득이 조금이라도 더 있는 쪽을 선택하려고 머리를 굴리는 중이다. 배신은 식은 죽 먹기이다. 이 드라마를 보며 크게 놀랐던 건 그럼에도 불구하고 이들의 정치 세계가 정말로 섬세하게 굴러간다는 점이었다. 사진을 찍을 때 작은 손짓 하나만으로도 우위가 결정되고, 발언할 때 어떤 단어를 선택하느냐에 따라 많은 것이 달라진다.

설리나 마이어를 연기한 줄리아 루이스 드레이퍼스는 한 인터뷰에서 이렇게 말한 적이 있다.

"설리나는 중년의 몸에 갇힌 어린아이예요. 그게 대단한 거죠. 왜냐하면, 아이들은 세상이 자기를 중심으로 돈다고 생각하잖아요. 자신의 뜻대로 되지 않으면 하루에도 몇 번씩 화를 내죠. 그게 설리나가 행동하는 방식이에요. 그리고 그런 방식은 함께 일하는 사람들에게 받아들여질 수밖에 없죠. 그녀는 자신이 저지른 잘못도 항상 다른 사람 탓이라고 해요. 하지만 주위 사람들은 그것조차 받아들여요. 그런 게 모두 코미디의 관점에서 무르익어서 표현될 수 있는 거죠."

이 드라마를 보기 시작한 초기에 나는 종종 〈더 오피스〉의 스티브 커렐을 떠올렸다. 비록 스티브 커렐이 연기한 마이클 스콧은 작은 영업소의 지점장에 불과하지만 어쨌든 둘 다 한 단체의 수장이자 말도 안 되는 실수를 연발하고, 부하 직원들을 곤경에 빠뜨리며, 해결할 수 없는 상황을 자꾸 만든다. 설리나 마이어 부통령과 마이클 스콧 점장, 그 둘은 모두 이기적이다. 그리고 그럼에도 불구하고 마냥 미워할 수는 없는 캐릭터이다.

시간이 지날수록 나는 마이클보다는 설리나가

더 대단하다고 생각하게 되었다. 마이클의 모든 행동에는 직원들을 사랑하는 감정이 깔려 있지만, 셀리나에게는 그런 마음조차 없기 때문이다. 그는 지독한 나르시시스트이다. 모든 것은 그저 자신이 가장 사랑하는 '나'가 대통령이 되기 위한 큰 그림의 일부일 뿐이다. 정치적 이득을 위해 조지아의 투표에 영향을 미치고, 티베트의 독립을 두고 중국과 뒤에서 몰래 협상하고, 수단의 독재자를 지지하는 연설을 하고, 평소에는 관심도 없는 손자(레즈비언 딸 부부가 흑인의 정자를 기증받아 낳은 아기)를 거리낌 없이 정치적으로 노출시키고, 자신에게 아부하는 변호사의 충고만 따르다가 만회하지 못할 실수를 저지르고, 트레이너의 유혹에 빠져 말도 안 되는 정치적 조언을 듣다가 위기에 처한다 해도, 나는 셀리나를 마냥 미워할 수가 없다. 그건 어쩌면 이 드라마의 모든 내용이 (드레이퍼스의 말마따나) 코미디의 관점에서 무르익어 표현되기 때문인지도 모른다. 대통령도, 상원위원도, 기자도, 참모진도 모두다 우스꽝스러운 대상이 된다. 아, 내가 표현을 잘못 하고 있는 것 같은데 이 드라마는 정말 웃기다. 천재적으로 웃기다! 그리고 이 웃음 뒤에는 언제나 약간의 찝찝함이 남는다. 생각해보라. '중년의 몸에 갇힌 어린아이'가 한 나라의 부통령이라는 사실이, 게다가 대통령의 자리까지 올라간다는 게 얼마나 웃기면서도 찝찝한 일인가.

물론 설리나를 마냥 미워할 수 없는 데에는 드레이퍼스의 연기가 큰 몫을 한다는 건 두말할 필요도 없다. 이 드라마가 미국에서 처음 방영된 후,《할리우드 리포트》는 그를 이렇게 평했다.

"〈사인필드〉 이후로 맡은 배역 중 최고!"

드레이퍼스는 이 드라마로 에미상을 무려 여섯 번이나 받는다(그 전에 이미 두 번 받았다). 2013년에 에미상을 받을 때, 설리나의 백맨 개리 월시를 연기한 토니 헤일은 드레이퍼스의 가방을 대신 받아 들고 무대 위로 같이 올라와서는 (드라마에서 그랬던 것처럼) 드레이퍼스가 감사 인사를 해야 하는 사람들을 귓속말로 알려준다. 2014년 미국배우조합상을 받을 때에는 마이크 역을 맡은 맷 월시가 함께 올라와서 잘못된 연설문을 준다. 이 재치 있는 장면을 보고 있으면, 〈부통령이 필요해〉에 출연하는 사람들이 코미디라는 장르를 얼마나 사랑하는지 너무너무너무 잘 느껴진다. 무언가를 열정적으로 사랑하는 사람들의 얼굴을 보는 건, 어쩔 수 없이 나를 행복하게 만든다.

이 드라마에서 셀리나가 자신의 정치 인생에서 그토록 실현하고 싶어 했던 정책은 가족 복지법이었다. 대통령이 된 셀리나는 가족 복지법을 위한 예산을 마련하지만, 결국 그 예산으로 잠수함을 만들어야 하는 처지에 놓인다. 자신의 법안이 공수표로 돌아간 후, 셀리나는 그 돈이면 도시의 아이들을 빈곤에서 벗어나게 할 수 있었다고 소리 지른다. 시즌6의 마지막 에피소드에는 연임에 실패하고 재단 활동을 하던 셀리나가 대통령 선거 재출마 결심을 한 뒤 사귀던 연인(카타르의 고위급 자제)과 헤어지는 장면이 있다. 이별을 통보한 다음 에스컬레이터를 타고 내려오던 그는, 누군가 "어머나, 대통령님!" 하고 알은척을 하자 웃으며 응대를 하고 눈물을 쓱 닦는다. 이 단 하나의 장면을 통해, 우리는 셀리나가 그동안 정치인으로 살기 위해서 수많은 것을 포기했으리라는 사실을 충분히 짐작할 수 있다.

내가 좋아하는 또 다른 에피소드는 시즌3의 2화이다. 낙태에 반대한다는 성명을 발표한 대통령 때문에 자신 역시 낙태에 대한 의견을 밝혀야 하는 처지에 놓인 셀리나는 여성의 입장을 강조하라는 참모진의 충고에 이렇게 대답한다.

"여성성을 강조하면 안 돼. 사람들이 그걸 인

식하면 안 돼. 남자들이 싫어해. 여성을 싫어하는 여성들이 싫어해. 대부분의 여성들이 그래."

그리고 이렇게도 말한다.

"남자가 임신할 수 있었으면 ATM 기계로도 낙태가 가능해졌을걸."

드레이퍼스는 〈사인필드〉에서 맡은 일레인 베네스라는 캐릭터가 좋았던 건 단순히 여성으로 소비되지 않았기 때문이라고 말한 적이 있다. 다른 세 명의 주요 인물과 완전히 동등했다고. 하지만 〈부통령이 필요해〉에서는 셀리나가 '여성' 부통령이라는 사실, 사상 최초로 '여성' 대통령이 되려는 꿈을 꾸고 있다는 사실, 그리고 남성 정치인들에 비해 항상 불리한 위치에 놓여 있다는 사실이 전적으로 부각되어야만 했다.

나중에 대선에서 모든 것을 엉망으로 만든 셀리나 때문에 분노한 에이미는 셀리나의 면전에 대고 소리 지른다.

"당신이 할 줄 아는 건 두 가지뿐이에요. 나쁜 결정을 하거나 결정을 못 하거나. (…) 그러면서 대통령 선거에 나가려고 하다니! 이 나라 최악의 역사로 남을 거예요. 음식물 문제나 노예제도보다 더요. (…) 당신은 아무것도 해낸 게 없어요. 한 가지만 빼고요. 당신이 여자이기 때문에 이 나라에 두 번 다시 여자 대통령은 없을 거예요. 한번 시켜봤더니 아주 말아먹었단 말이죠!"

이때 우리는 설리나가 가고자 했던 여정의 목적을 새삼 돌이켜보게 된다. 말도 안 되는 오합지졸들이 다 한자리씩 차지한 마당에 여성은 여전히 대통령 자리에 오르지 못했다는 사실을, 남성은 실패를 하더라도 다음 남성이 기회를 가지는 데 아무런 문제가 되지 않지만, 여성이 실패를 하면 다음 여성의 기획까지 박탈될 가능성이 높다는 사실을 말이다.

설리나 마이어는 무능한 정치가였다. 하지만 그의 무능함은 남성 정치가의 무능함과 비슷한 수준이었을 뿐이다. 나르시시스트인 그가 사랑한 대상은 정치가로서의 자기 자신이었을 뿐이다. 그에게 정치는 다른 이득을 얻기 위한 수단이 아니라 그저 목적이었다. 오직 대통령이 되어서 자신의 정책을 실현하고 싶었을 뿐이었다. 어쩌면 그게 내가 설리나를 마냥 미워할 수 없었던 진짜 이유인지도 모른다. 덧붙이자면, 몹시 슬프지만 그것만으로도 현실에서는 훌륭하다는 말을 들을지 모른다는 생각이 든다.

우아한 공포
—매드맨Mad Men

돈 드레이퍼는 〈매드맨〉의 시즌1 첫 에피소드에서 광고주를 설득하면서 이렇게 말한다.

　"광고의 기본은 하나죠. 행복입니다. 행복이 뭔지 아십니까? 행복은 새 차의 냄새죠. 공포로부터의 자유입니다. 그리고 도로 옆에 있는 표지판입니다. 계속 그렇게 가도 된다고 안심시켜주는 표지판이요. 그렇게 해도 괜찮을 거라고 말해주는 거요."

　'매드맨(madman)'은 1950년대 뉴욕 매디슨가의 광고 중역들이 자신들을 가리켜 만든 은어이다. 그만큼 광고를 만드는 것에 미쳤다는 의미이기도 하고, 미치지 않고서는 이 일을 할 수 없으리라는 의미이기도 할 것이다. 돈 드레이퍼는 그러한 뉴욕 광고 회사에서 성공 가도를 달리는 인물이다. 물론, 이미 아름다운 아내와 딸과 아들도 있다. 잘생긴 외모와 뛰어난 실력, 지나친 겸양과 지나친 자신감, 매력적인 언변과 종잡을 수 없는 침묵은 남녀를 불문하고 사람들을 끌어당기는 매력으로 작용한다.

　돈 드레이퍼가 행복의 조건으로 '공포로부터의 자유'와 '계속 그렇게 가도 괜찮을 거라고 안심시켜주는 표지판'을 언급할 때, 우리는 그의 표정에서 어딘가 모르게 이상한 기운을 느낄 수 있다. 그는 잠시 말을 멈추고, 상념에 잠긴 듯한, 자신만의 세계에 빠진 듯한 표정을 짓는다. 그걸 너무 원하지만 가질 수 없다는 사실을 아는 약간의 슬픔과 체념이 섞인 표정. 혹시 그는 공포를 느끼는 중인가? 겉보기에 그토록 완벽한 삶을 살고 있는 그가 어떤 공포를? 그는 자신을 안심시켜줄 만한 보증을 필요로 하는 것일까? 안심? 운명의 여신은 그의 편인 것 같은데, 왜 불안감을 느끼는 걸까? 일곱 개의 시즌, 90여 개의 에피소드를 다 본 후에야 비로소 나는 돈 드레이퍼가 지었던 표정의 의미를 알게 되었다.

말 그대로이다. 그의 삶은 매 순간 공포로 이루어져 있고, 자신이 하는 일에 대해 아무도 괜찮다고 말해주지 않으리라는 불안감을 느끼며 살아간다. 이 드라마는 어쩌면, 공포와 불안함을 벗어나기 위한 돈 드레이퍼의 기나긴 여정(속 잘못된 선택과 거듭되는 실패)을 보여주고 있는 건지도 모른다. 과거에 저지른 잘못된 선택, 아이러니하게도 그 잘못된 선택이 있었기에 '돈 드레이퍼'로서 성공적인 삶을 살게 된 이 남자는 '자기 자신'과 마주하게 될까 봐 공포와 불안 속에서 살아간다. 그리고 동시에 그런 식으로 '자기 자신'을 잃어버릴까 봐 공포와 불안 속에서 살아간다. 그게 아내 베티(그리고 그 후의 아내도)를 수도 없이 속이고 바람을 피우고, 계속해서 이상한 선택을 한 이유라고 말할 수 있을까?

시즌2, 위태로운 결혼생활 속에서 돈은 자신에게 지금의 삶을 선물해준 거나 마찬가지인 애나와의 만남을 회상한다. 베티와 결혼하기로 결정했을 때, 애나에게 그 사실을 알려주려고 로스앤젤레스로 날아갔던 날을 떠올린다. 그 기억 속에서 돈은 애나에게 자신이 베티를 얼마나 사랑하는지, 그리고 이런 삶을 가능하게 만들어준 애나에게 얼마나 감사하고 있는지 말한다. 결혼을 한 후에도, 영원히 애나를 돌보리라고 말한다. 이 시절, 돈 드레이퍼의 눈동자는 희망과 순수함으로 반짝반짝 빛난다. 약간 얼떨떨하고 들뜬 것처럼 보이는 그의 표정은 어리숙해 보이기까지 한다. 그런 그의 표정 때문에 나는 서글픈 마음이 든다. 그가 한때 품었던 희망과 사랑의 마음이 사라져버린 사실 때문에. 그가 깊은 공포와 두려움에 잡아먹혀버린 사실 때문에.

시즌2의 12화에서 돈은 다시 애나를 만나러 간다. 애나는 말한다. "당신의 행복을 가로막는 방해물은 당신이 혼자라는 믿음이야." 그 말에 돈은 쉽게 수긍한다. 그렇지만, 그럼 바꾸면 되지 않느냐는 애나의 물음에는 냉소적으로 대꾸한다. "사람은 변하지 않아."

애나는 그런 대답을 예상했다는 듯 조용히 말한다. "삶을 살아가는 동안 배우게 될 거야." 하지만 그 후로 돈은 아무것도 배우지 못한 것처럼 군다. 그의 선택은 언제나 그 자신을 끝도 없이 상처 입힌다. 그 유명한 〈매드맨〉의 오프닝 장면처럼 그는 매 순간 자신의 세상이 무너지는 것을 경험하고, 그 자신도 무너져 내린다. 무너져 내리면서도 마치 그렇지 않은 척을 한다(이 인상적인 오프닝은 나중에 〈심슨가족〉에서 패러디된다).

개인적으로 돈 드레이퍼의 가장 이해할 수 없는 선택 중 하나를 고르라면, 시즌4에서 메건에게 청혼하는 장면을 꼽을 것이다. 그 당시 돈은 (누가 봐도) 현명하고 지적이며 자신에게 도움이 되는 페이 밀러라는 여성과 만나는 중이었다. 페이는 돈 드레이퍼 회사에서 일시적으로 고용한 컨설턴트였는데, 젊은 여성은 아니었다. 드라마의 전체적인 흐름에서는 그저 지나가는 부분인데 내가 종종 떠올리는 페이의 대사가 있다. 아마도 회사의 젊은 (여성) 비서들을 교육시키는 중이었던 것 같다. 페이는 잠들기 전에 빗으로 머리를 백번(은 아니었겠지만 여튼 아주 많은 횟수로) 빗는다는 말을 한다. 이 말은 내 머릿속에 하나의 장면으로 콕 박히게 되었다. 그리고 떠올릴 때마다 이상한 기분에 사로잡힌다. 약간의 굴욕감과 서글픔 같은 것. 밤마다 좋은 머릿결을 위해 오래도록 머리를 빗는, 사회적으로 성공한 젊지 않은 여성(실제로 머리를 빗는 장면이 있었는지 내가 머릿속으로 만들어낸 것인지는 분명하지 않다). 돈 드레이퍼는 그런 여성을 두고 갑작스럽게 '엄청나게 아름다운'(새로 온 비서인) 25세 메건에게 청혼한다. 내가 기억하기로 이 에피소드를 둘러싼 약간의 논쟁이 있었다. 청혼 과정이 너무 비약적이라는 것이다. 맞다, 비약이 있었다. 나도 그 장면을 보고 잠시 어리둥절했으니까. 하지만 나는 그걸 '비약'이 아니라 '도약'이라고 말하고 싶다. 장면과 장면 사이의 결핍을 있는 그대로 보여주는 것, 대사와 대사 사이의 침묵을 삭제하지 않는 것, 전혀 상관없어 보이는 사물로 시선을 옮기는 것, 그래서 사람의 어안을 벙벙하게 만드는 것, 감각으로는 절대 설명할 수 없는 지점들을 드러내는 것…. 〈매드맨〉은 이런 무수한 순간을 품고 있는 드라마이다. 내가 생각하기에 '우아하다'라는 표현이 이렇게까지 잘 어울리는 드라마는 〈매드맨〉이 유일하다.

〈매드맨〉을 생각할 때, 내가 가장 먼저 떠올리

는 장면은 의외로 돈 드레이퍼의 첫 번째 아내인 베티와 관련이 되어 있다. 그중 한 가지는 이것이다. 시즌1 13화, 겨울, 마트 주차장에 주차된 자동차 안에서 한 남자애—글렌—가 어머니를 기다리고 있다. 그 화면 속에 펼쳐진 건물과 하늘, 자동차는 한편으로는 무척 평화로워 보이지만, 다른 한편으로는 차가운 긴장감을 지니고 있다. 마침 마트를 방문한 베티는 자동차 안의 글렌을 발견하고 다가가 차창을 두드린다. 글렌은 머뭇거린다. 아이의 어머니가 베티와 만나는 걸 금지했기 때문이다(베티와 글렌 사이에는 문장으로 단순하게 요약할 수 없는 것들이 있다). 하지만 결국 글렌은 창을 열고 손을 내민다. 둘은 장갑을 끼고 있다. 장갑 낀 손을 맞잡은 채, 베티는 제발 자신이 괜찮아질 거라고 말해달라며 울먹인다.

이 장면을 보고 느꼈던 감정을 여전히 기억한다. 베티를 이해할 수 없었다. 베티는 왜 다른 누군가, 그러니까 친구(〈하우스〉의 앰버 역을 맡았던 앤 듀덱이 연기한다. 다른 이야기지만 이 드라마의 가장 재미있는 캐스팅 중 하나는 주요 인물인 피터 캠벨의 아내 역을 맡은 알리슨 브리이다. 〈커뮤니티〉의 '애니'를 연기했던 알리슨 브리는 이 드라마에서 바가지 긁는 아내 역을 너무나도 사랑스럽게 표현해낸다. 그래서 피터 캠벨의 찌질함이 더 부각된다)나 정신과 의사가 아니라 글렌에게 그런 말을 했을까? 글렌은 말한다. "울지 마세요." 베티는 다른 이에게는 말할 수가 없었다고, 어른들은 아무것도 모른다며 눈물을 닦는다.

나는 베티를 이해할 수 없었지만, 베티 때문에 마음이 아팠다. 그리고 내가 마음이 아프다는 것에 놀라움을 느꼈다. 이해하지 못하는 대상으로 인해 내 마음이 움직였다는 사실 때문에. 나는 베티를 이해하고 싶어졌다. 동시에 내가 쓰는 소설이 이런 감정을 촉발시키면 좋겠다는 생각을 했다. 이해할 수 없는 대상에게 어떤 감정을 느끼게 만들고 싶다고. 더 나아가서는 그 대상을 이해하고 싶은 마음을 가지게 만들고 싶다고. 장면과 장면, 대사와 대사, 그 조각난 순간들을 이어붙이며 읽다가 문득 무언가를 이해하게 만들고 싶다고.

아닌가. 내가 진정 바랐던 건 어떤 대상을 완전히 이해하는 게 어렵다고 할지라도, 시간을 들여 모든 순간을 이어붙이기를 바랐던 것인가. 그 행위를 멈추지 않게 만드는 거였던가.

좀 생뚱맞은 이야기 같지만, 시간을 두어야만 그 정체가 드러나는 마음들이 있는 것 같다. 그러므로 나의 마음이든 다른 사람의 마음이든 오래 바라봐야 할 때가 있는 것이다(나는 성격이 급해서인지 그러지 못할 때가 많고 그렇게 할 수 있는 사람들을 존경한다). 내가 베티를 이해할 수 없었던 것처럼, 글렌의 손을 잡고 울먹이는 베티조차도 자신이 왜 그렇게 슬픈지 제대로 알지 못했을 것이다(그래서 그는 어른들은 아무것도 모른다고 말했으리라). 드라마가 진행되는 동안 베티의 삶을 지켜보면서 나는 비로소 그가 왜 글렌의 손을 잡고 울먹였는지 알게 되었고, 베티 역시 자기 마음의 정체를 알게 된다.

베티를 괴롭힌 건 자신에게 거짓말을 해대는 남편과 끊임없이 자신을 공격하듯 솟아오르는 의심—내가 정말로 원하는 것이 바로 이런 삶인가?—과 그 의심에서 촉발되는 두려움이었다. 그리고 이러한 베티의 의심과 두려움은 훗날 자신의 욕망을 스스로에게 허락하고 싶은 마음과 그러면 안 된다는 내면적 억압 사이의 갈등으로 이어진다. 그 고요한 주차장 안에서 작은 남자애의 손을 잡고 울먹이던 베티, 그의 삶 앞에 펼쳐질 열정의 좌절과 욕망의 격렬한 파고, 외로움과 공포, 불안의 전조를 이보다 더 우아하게 그려내기는 힘들 것이다.

〈매드맨〉이 미국에서 방영된 후, '베티'라는 캐릭터는 엄청난 인기를 끌었다('베티'라는 여자아이의 이름이 증가할 정도였다고 한다). '베티' 캐릭터는 〈매드맨〉이 사회에 끼친 나쁜 영향으로 언급되기도 하는데(적극적인 여성상인 페기보다 소극적이고 의존적인 베티가 더 인기가 있었다는 점에서), 나는 이 의견에 동의하기가 어렵다. 베티는 사회적인 성공을 이루지 못했고 때때로 인격적으로 미성숙한 모습을 보이지만, 자신이 할 수 있는 최선의 방법으로 삶을 일구어나갔다. 나중에 자신의 삶이 얼마 남지 않았다는 것을 알게 되었을 때, 그 모든 치료를 거부하며 딸에게 말한다.

"난 살면서 많은 것을 위해 싸웠어. 그래서 끝이라는 걸 아는 거지. 나약해서가 아니야. 나한텐 선물이었어."

돌이켜보면 〈매드맨〉에 나오는 여성들은 대부분 나약하지 않았다(반박의 여지가 없이 돈 드레이퍼는 너무나 나약했다. 어쩌면 이 드라마에 등장하는 남성들은 여성들에 비해 다들 조금씩 나약했는지도 모른다). 돈이 근무하던 광고 회사의 비서장이었던 조앤 홀러웨이는 타고난 몸매 때문에 남성들에게 노골적인 성적 시선을 받아야 하지만 그것을 적절하게 이용하고 극복하면서 한 명의 사업가로 거듭난다. 시골 출신의 비서 페기 올슨은 온갖 차별에 맞서 자신만의 방법으로 싸워가며 유능한 카피라이터로 성장한다.

이 드라마의 등장인물들은 여성이건 남성이건 모두 다 (앞서 베티에 관해 말한 것처럼) 인격적으로 미성숙한 면이 있다(나는 이게 거의 모든 인간이 가진 특징 중 하나라고 생각한다). 그들은 언제나 약간은 잘못된 선택과 자기기만을 한다. 상대에게 이루 말할 수 없는 포용력을 보이다가도 어떤 순간이 되면 모멸적인 웃음을 내보인다. 이해할 수 없을 정도로 이 세상에 호의를 내보이다가도 갑자기 하찮은 선택을 하고 자신의 밑바닥을 드러낸다. 예전에 나는 〈매드맨〉을 보면서 이렇게 메모했다.

"어떤 완결된 세계는 다른 누군가에게 이해받기를 원하지 않는다. 그것은 그저 하나의 세계로 존재할 뿐이다."

하지만 'Person to Person'이라는 제목의 파이널 에피소드(시리즈를 통틀어 가장 사랑스럽고, 동시에 가장 나이브한)까지 다 보고 나면, 이 드라마가 말하고자 하는 지점이 그것과는 정반대라는 사실을 알게 될 것이다. 그리고 그런 결말에 나는 속수무책으로 고개를 끄덕이고 말았다. 파이널 에피소드의 거의 마지막 장면에서, 모든 것을 잃고 방황하던 돈은 완전한 타인들 앞에서 이렇게 말한다.

"제가 냉장고 선반에 놓인 꿈을 꾼 적이 있어요. 누가 문을 닫자 불은 꺼져버리고 밖에선 모두가 식사를 하고 있죠. 다시 누군가 문을 열면 모두 미소 짓고 있고, 절 보고 기뻐하지만 똑바로 봐주진 않죠. 절 택하지도 않고요. 그리고 문이 다시 닫히고 불이 꺼져요."

이 말을 하고 나서 돈은 알지도 못하는 사람을 끌어안고 오열한다. 마지막에 이르러서야, 그 많은 고통과 슬픔과 좌절과 실패와 배신 끝에야 그는 시즌2에서 애나가 자신에게 했던 말—살면서 배우게 되리라는—이 맞다는 걸 인정하지 않을 수 없게 된 것이다. 모든 인간은 어느 정도 미성숙하다. 모든 인간은 어느 정도 혼자이다. 모든 인간은 어느 정도 각자의 두려움을 안고 살아간다. 그러므로 모든 인간은 서로를, 혹은 자기 자신을 완전히 이해할 수 없다. 하지만 그런 식으로 이해받지 못하는 삶을 영원히 지속할 수 있는 사람은 그 누구도 없다.

'Person to Person'. 인간은 변하지 않을까? 그건 잘 모르겠다. 내가 아는 건 어떤 순간에는 변하기 위해 노력을 해야 한다는 것이다. 나를 이해시키고 타인을 이해하기 위한 시도, 번번이 실패하더라도 멈추지 않고 내 삶과 당신 삶의 완결을 위한 노력. 삶을 살아가면서 우리가 배워야 하는 것들. 그것은 어쩌면 우리가 인생에서 받을 수 있는 가장 중요한 선물이지 않을까.

세상의 모습
—**로스트**Lost

어떤 이유로 내가 〈로스트〉를 보기 시작했을까? 잘 기억이 나지 않는다. 다만 이건 분명하다. 한국에서 〈로스트〉 시즌1을 방영하던 때에는 정작 이 드라마에 관심이 없었다. 하지만 일단 한번 보고 나니 시즌1을 단숨에 정주행할 수밖에 없었다. 한 에피소드만 보려던 계획은 별 저항 없이 쉽게 무너지고, 다섯 에피소드를 연달아 본 후에야 '아, 더 이상 보는 건 너무 백수 같아서 안 되겠어…'라는 생각과 함께 드라마에서 억지로 빠져나오려고 안간힘을 써야 했다. 그전까지는 이미 종영된 미드들을 드문드문 봤던 것 같은데, 휴방을 견디고 다음 시즌 방영 일을 손꼽아 기다린 건 아마도 〈로스트〉가 처음이었던 것 같다. 이제 이 유명한 드라마의 내용을 모르는 사람들은 거의 없겠지만, 그래도 간단하게나마 설명을 해보면, 비행기 사고로 무인도에 불시착한 사람들의 이야기라고 할 수 있겠다. 등장인물들은 모두 과거에 어떤 잘못이나 실수를 저질렀고, 그러한 과거로 인해 현실에서 괴로움을 겪고 있는 중이다. 무인도에서 살아남기 위해 단결하던 사람들 사이에 서서히 갈등이 일어나고 편이 갈라져 반목하기 시작한다. 하지만 〈로스트〉가 이런 생존기나 갈등만을 다뤘다면, 내가 그런 식으로 하루 만에 에피소드를 다섯 개씩 해치우지는 않았을 것이다.

    〈로스트〉를 본 사람들은 알겠지만, 이 드라마의 최대 장점이자 단점은 하나의 에피소드를 보고 나면 다음 에피소드의 내용이 궁금해서 견딜 수 없어진다는 것이다. 왜 이 섬에 북극곰이 있는 거지? 죽었다고 한 사람이 어째서 살아 있는 거지? '검은 연기'의 정체는 무엇이지? 음식은 누가 보내주는 거지? (나중에 밝혀지는) 달마 이니셔티브는 뭐지? 그들은 왜 저런 실험을 하는 거지? "일어난 일은 일어난 일이다"라는 대사의 의미는 뭐지? 등장인물들의 과거와 현재는 어떤 식으로 연결이 되는 거지? 시공간은 어떤 식으로 변형되는 거지? 저 사람들은 왜 저기에 있는 거지? 저 단어의 뜻은 뭐지? 전 시즌을 보는 내내 이런 궁금증은 끊이지 않는다(얼마나 이 드라마에 집착했던지, 그 당시 일기에는 〈로스트〉 관련 꿈까지 꿨다고 적혀 있다). 작가진은 드라마에 등장하는 여러 가지 수수께끼와 세계관은 양자역학(과 그와 관계된 이론들, 평행 우주 같은 것들)에 바탕을 두고 있다고 밝혔다. 각각 인과론과 확률론으로 대표되는 고전역학과 양자역학에서 언제나 문제가 되는 자유의지의 문제도 드라마를 풀어가는 실마리가 될 것이었다. 드라마에는 과학자의 이름을 딴 마이클 패러데이와 철학자인 흄과 로크의 이름을 딴 인물이 등장했다. (알다시피) 나는 과학에는 완전히 문외한이었고 관심도 없었지만, 순전히 이 드라마를 이해하고 싶어서 도서관에서 과학책을 빌려 읽거나 관련 다큐멘터리를 보기 시작했다. 그리고 그런 관심은 우주의 기원이나 화학에 대한 궁금증으로 이어졌다. 마침내 수학을 다시 공부하고 싶다는 생각을 하기도 했다(하지만 중학교 2학년 수학 문제를 보고는 바로 포기했다). 내가 과학 관련한 정보들을 제대로 이해했다고 말할 수는 없다. 그 모든 이해는 피상적인 수준에 머무는 것이었다. 그렇다 하더라도 〈로스트〉를 본 후로 세상이 그 이전과는 조금씩 달라 보이기 시작했다.

이를테면 〈로스트〉를 열심히 보던 당시 내 친구는 이렇게 말한 적이 있다. "우주 태풍 같은 걸 생각해봐. 그런 거에 비하면 여기서 벌어지는 일들은 너무 사소하고 유한한 것에 불과해." 그 말이 맞다. 우주적 관점에서 우리가 느끼는 감정들을 그렇게 바라볼 수 있을 것이다. 암흑이, 인간적 감각으로는 상상하기도 어려운 일들이 우주에서는 일어나고 있다(그런 걸 상상할 수 있는 사람들이 있었다. 아인슈타인이나 호킹 같은 천재들). 암흑 속에서 팽창해 가는 우주를 떠올리고 있노라면 인간적인 감정들— 그 어떤 불안감도, 슬픔도, 누군가를 향한 미움도, 실망감도—을 극복할 수 있을 것 같았다. 그리고 그건 확실히 도움이 되었다. 내가 느끼는 슬픔과 실망감은 우주적 관점에서 보면 찰나에 불과한 것이었다. 너무 사소한 것들이었다. 하지만 시간이 조금 지나자 나는 좀 허무해졌던 것 같다. 우주적 관점에서 불안감이나 허무함, 슬픔을 사소한 감정으로 치부할 수 있다면, 그 반대편에 있는 감정들—안정감, 행복함, 기쁨—에도 똑같이 적용해야 하리라는 생각이 들었기 때문이다.

　나는 그런 생각을 내 소설 「죽은 사람(들)」에 썼다.

　"우주에서는 하루에 평균적으로 세 번씩 감마선 폭발이 일어나고 있어. 지구와 몇백억 광년이나 떨어진 곳에서. 어쩌면 우리가 이 집에 들어온 이후로도 우주 어딘가에서는 몇 번이나 감마선 폭발이 일어났을지도 몰라. 아니, 지금 이 순간에도 어떤 행성의 생물들이 감마선 폭발 때문에 절반쯤 사라졌을지도 모르지. 하루에 세 번이야. 믿을 수 있어?

하루에 세 번이라고. 우리가 살아오는 동안 3만 번도 넘게 감마선 폭발이 일어났다는 말이야. 그리고 폭발의 잔광이 있어. 폭발의 잔광이 빛의 속도로 우주를 이동하는 거야. 때때로 우리에게 도달하기도 하지."

내가 이 말을 끝내는 순간, 페가수스가 날갯짓을 하기 시작했다. 그녀가 나를 바라보았다. 그녀의 얼굴에 붉은빛이 반사되었다. 나는 그녀를 꼭 껴안고 그녀의 귀에 속삭였다.

"그렇게 생각하면 케이의 죽음 같은 건 아무것도 아닌 거야."

그리고 소설의 말미에는 이렇게 썼다.

"마치 손잡이를 내리면 블라인드가 차르르 다른 면으로 바뀌는 것처럼 말이에요. 케이는 죽을 때까지 그 순간을 여러 번이나 곱씹게 돼요. 그 순간을 곱씹을 때마다 케이는 무척 행복해지죠. 그런 식으로 케이의 과거가 케이의 미래가 되는 거예요."

그녀는 말하는 내내 내게 등을 돌리고 있었다. 말을 마친 그녀는 오랫동안 아무 말도 하지 않았다. 나는 내가 그녀의 다음 말을 잠자코 기다려야 한다는 사실을 알고 있었다. 마침내 그녀가 입을 열었다.

"그러니까, 케이의 죽음은 아무것도 아닌 게 아니에요."

「죽은 사람(들)」은 별로 알려지지 않은 작품이지만, 누군가 내 소설에서 좋아하는 대사가 무어냐고 묻는다면 이 장면을 그중 하나로 꼽고 싶다. 물론 내가 이런 식으로 생각하는 것은 내 감각이 여전히 속박되어 있기 때문인지도 모른다. 양자물리학자 카를로 로벨리는 자신의 책 『모든 순간의 물리학』에서 과거와 미래의 차이는 열이 있을 때만 발생한다고 언급하며, 아인슈타인이 친구의 죽음을 슬퍼하며 쓴 편지의 구절을 소개한다.

미켈레는 나보다 조금 더 일찍 이 기이한 세상을 떠났다. 이것은 아무 의미도 없다. 우리처럼 물리학을 믿는 사람들은 과거와 현재, 미래를 구분하는 것이 고질적으로 집착하는 환상일 뿐이라는 것을 알고 있다.

고질적으로 집착하는 환상. 하지만 적어도 나

는 그 환상을 떠나서는 살 수 없는 사람인 것 같다. 그 환상이 죽음과 삶, 기쁨과 슬픔, 좌절과 희망을 가능하게 만드는 게 아닌가 하는 생각이 드는 건 어쩔 수가 없다(물론 내가 아인슈타인에 말을 반박하는 건 절대 아니다!).

〈로스트〉가 방영되는 동안 팬들은 수많은 해석을 내놨다. 그중 하나는 등장인물들이 불시착한 섬이 평행 우주에서의 뉴욕 맨해튼이라는 설이었다. 나중에 과거 시간대(1977년)에 속하게 되는 등장인물들이 폭탄을 터트리는 장면이 나오는데, 이게 1977년 뉴욕 대정전과 연관되어 있다는 것이다. 이런 내용들이 나를 열렬히 드라마 속으로 빠져들게 했다. 드라마의 내용과 실제 현실이 만나는 것. 창작물 속 하나의 장면이 창작물 바깥으로 도약하고 생명력을 얻게 되는 것. 이런 지점들은 내가 소설을 쓰는 데에 어떤 열쇠가 되어주었다. 이를테면 이십대 중반에 나는 '랄프 로렌'에게 시계를 만들어달라는 편지를 쓰는 여자애에 대한 소설을 구상했었다. 랄프 로렌이라는 인물을 소설 속에 포함시키고 싶었지만 그 방법을 잘 알 수 없었는데, 〈로스트〉를 보고 난 후 나는 '평행 우주에 사는 랄프 로렌'이라는 아이디어를 떠올릴 수 있었다. 바로 그 아이디어가 내 첫 번째 장편 『디어 랄프 로렌』을 (자유롭게) 완성할 수 있는 힘이 되어주었다. 그 소설의 프롤로그에 소설의 주인공 '종수'가 사는 세상이 평행 우주라는 걸 드러내는 몇 가지 힌트를 심어 놓았는데, 음… 지금 돌이켜 생각해보면 엄청 잘 된 것 같지는 않다.

〈로스트〉의 제작진은 팬들의 수많은 해석이나 궁금증에 완전한 답을 주지는 못했다. 마지막 시즌의 최종 에피소드가 나왔을 때 많은 사람이 실망했다. 〈로스트〉가 뿌려놓은 양자역학에 관련된 떡밥들을 제대로 회수하지 못하고 두루뭉실한 결말을 택했다고 말했다. 그래도 여전히 그들은 〈로스트〉를 사랑한다. 〈로스트〉를 사랑한 시간들을 아까워하는 사람들은 거의 없다. 그건 〈로스트〉의 개별 에피소드들이 지니고 있는 완성도 때문이기도 하겠지만, 다른 한편으로 〈로스트〉를 사랑한 대부분의 사람이 이 드라마가 가진 어떤 포부를 이해하고 있기 때문이리라.

〈로스트〉의 매력은 과학 지식에 의거해서 수수께끼를 푸는 것에서만 비롯되는 것은 아니었다.

내 생각에 사람들을 열광하게 만들었던 요소는 조금 더 근본적인 수준에 있었다. 이를테면 나는 양자역학이 작동하는 세계에 살고 있지만, 그것을 의식한 적이 없다. 빛은 파동이며 입자로 존재하지만, 그것이 삶에 어떠한 영향을 끼치는지에 대해 고민해본 적이 없다. 우주가 존재하는 방식에 대해, 그것이 끈이론이든 막이론이든 그 무엇이든 생각해본 적이 없다. 양자역학에서 시공간을 인식하는 방식은 우리가 그것을 (일상적으로) 인식하는 방식과는 다르지만, 그것을 고려해본 적이 없었다.

그런 점에서 우리가 발 딛고 살아가는 세계에 실제로 작동하는 물리 원칙을 드라마에 녹여내며 세상의 (진정한) 모습을 드러내겠다는 방대한 포부를 밝힌 드라마는 〈로스트〉 이전에도 없었고, 그 이후에도 없다. 제작진은 드라마의 그 모든 떡밥을 회수하는 데에는 실패했지만, 우리는 〈로스트〉의 전 시즌을 보는 동안 충분히 이 세계가 존재하는 모양에 대해 생각해보게 되었다.

내가 〈로스트〉에서 제일 좋아하는 에피소드 중 하나는 시즌4의 5화이다. 등장인물 중 한 명인 데즈먼드는 섬을 떠나다가 부작용으로 '의식'의 시간 여행을 하게 된다. 과거의 시간대에서 만난 패러

데이는 임의적이고 무질서한 변수들 사이에서 불변의 수를 찾아야 한다고, 과거나 미래의 시간대에서 데즈먼드 자신에게 소중한 것을 찾아야 한다고 말한다. 그러지 못하면, 그의 의식은 과거와 현재를 점프하다가 결국 뇌에 문제가 생겨 죽게 될 거라면서. 이때 패러데이는 '닻(anchor)'이라는 단어를 사용한다. 과거에도 현재에도 미래에도 여전히 소중하고 지키고 싶은 무엇. 나를 나 자신으로서 정박시키는 닻.

고질적인 환상에 불과한 이 세계, 암흑 속에 팽창해가는 이 우주, 엔트로피가 증가하는 이 우주 속에서 나를 나로 존재할 수 있게 만드는 건, 그런 식으로 내 인생에 걸쳐 소중한 게 무엇인지 되새기는 활동인지도 모른다. 스포일러가 되겠지만, 데즈먼드는 그것을 찾아낸다. 이 글을 쓰다가 지금 그 에피소드를 다시 보고 왔는데(이게 몇 번째 시청인지 셀 수 없을 정도로 여러 번 봤는데 언제나 그랬던 것처럼 나는), 거의 마지막 장면에서 울컥했다. 눈물이 나진 않았지만, 이 정도면 내 기준에서는 눈물이 난 것이나 마찬가지다.

반복되는 악몽 속에서
―트루 디텍티브 True Detective

드라마의 첫 화면. 어둠 속에서 불타는 숲속. 그리고 한 남자가 심문을 받고 있는 장면으로 전환된다. 이 남자는 경찰에서 은퇴한 지 꽤 된, 이제는 사립 탐정 일을 하고 있는 마틴 하트이다. 그는 후배 형사들로부터 오래전 그의 파트너였던 러스트 콜에 대한 질문을 받는다. 러스트는 오랫동안 종적을 감췄다가 몇 년 전 다시 나타난 참이다. 마틴과 러스트는 17년 전, 경찰이던 시절에 끔찍한 살인 사건을 함께 해결한 적이 있다. 기괴하게 보이는 커다란 나무 아래, 사슴뿔로 만든 왕관을 쓰고, 몸에는 이상한 표식이 새겨진 벌거벗은 여성이 기이한 자세로 죽어 있던 사건. 그들은 상부의 압박에도 불구하고 자신들만의 방법으로 단서를 좇았다. 그리고 결국 범인의 은신처를 발견하고, 감금된 아이 둘을 구출해냈다. 다른 장면에서 러스트 역시 후배 형사들에게 질문 세례를 받는다. 차근차근 있었던 일을 설명하는 마틴과 다르게 러스트는 시종일관 고약한 태도를 보여준다. 그의 머리카락은 아무렇게나 자라 있고, 얼굴은 번들거린다. 은퇴한 후 술집에서 일하며 술에 빠져 살고 있다는 그는 금연 구역인 심문실에서 담배를 피우고 맥주를 마신다.

많은 사람들이 미드 하면 〈CSI〉를 떠올리던 시절이 있다. 당시 그런 수사물들(〈CSI〉, 〈로 앤드 오더〉, 〈콜드 케이스〉 등)이 대중적으로 큰 인기를 끌었는데, 내게는 그 드라마들이 그리 매력적으로 다가오지 않았다. 같은 맥락에서 〈트루 디텍티브〉도 한동안은 나의 흥미를 끌지 못했다. 17년 전 일어났던 살인 사건의 진범을 찾으려고 고군분투하는 (은퇴한) 형사들의 이야기. 그런데 이 드라마를 왜 봤냐고? 그건 순전히 오프닝 때문이었다.

시작은 그랬다. 누군가 나에게 미드 최고의 오프닝을 꼽으라고 한다면 〈매드맨〉과 더불어 〈트루 디텍티브〉를 언급할 것이다. 잿빛 도시를 배경으로 사람들의 모습이 오버랩된다. 물속의 사람, 성조기가 그려진 수영복을 입은 여성, 공허하게 보이는 아이들의 얼굴… 그리고 그 화면 속에서 향수를 자아내는 듯한 컨트리음악이 흘러나온다.

아마 이 드라마를 보게 된다면, 그러니까 회차가 거듭되면 거듭될수록 사람들은 그런 생각을 하게 될 것이다. 도시에서 누군가와 어울려 살아가려면 언제나 이런 위험들을 감수해야 하는 것인가? 탐욕은 불가결한 것인가? 왜 그 탐욕의 대상은 언제나 아이들과 여자들인가? 마지막 화에서는 이런 생각을 하게 될지도 모른다. 왜 어떤 사람들은 그토록 손쉽게 범죄를 저지르고도 보호받는 것일까? 그리고 이 생각을 다시 한번 하게 될 것이다. 왜 아이들과 여자들은 충분히 보호받지 못하는가?

형사들에게 과거에 대한 질문을 받던 러스트는 이렇게 말한다.

"왜 내가 과거 속에서 살아야 하나? 이 세상 일들은 아무것도 해결되지 않아. 누가 그러더군. 시간은 원 같은 거라고. 우리가 했던 일이나 앞으로 할 일들은 끊임없이 반복될 거야. 그 남자애와 여자애는 또다시 그 방에 갇히게 돼. 갇히고, 또 갇혀. 영원히."

러스트는 인간은 질병 그 자체라고 생각한다. 인간이 할 수 있는 가장 고귀한 일은 번식을 관두고 다 같이 손잡고 멸종하는 거라고, 최후의 날 밤에 모두가 비참한 처지에서 벗어나야 한다고 주장한다. 그렇다면 왜 죽지 않느냐는 질문에는 이렇게 답한다.

"나는 내가 증언자라고 스스로 말하지만 진짜 대답은 이렇게 프로그래밍되어 있다는 거죠. 자살할 체질도 아니고요."

그는 타인에게 동정심이나 연민을 느끼지 않는다. 누군가에게 애정을 주고 싶어 하지도, 누군가로부터 갈구하지도 않는다. 하지만 아이러니한 것은 바로 그런 사람이어서 그가 어떤 종류의 책임감을 강박적으로 가지게 되었다는 점이다. 그리고 17년 전 자신이 해결했다고 믿은 그 사건이 끝나지 않았다는 것을 알아차렸다는 점이다.

　　마틴은 러스트와 달리 겉으로는 전혀 문제가 없어 보였다. 적어도 17년 전에는 그랬다. 사랑하는 아내와 두 딸이 있었고, 경찰서 내에서 좋은 입지를 차지했으며, 사람들 사이에서 평판도 좋았다. 미성년자 매춘부에게 돈을 쥐여주며 다른 일을 찾아보라고 말할 정도의 동정심도 있었다. 그런 그를 인간적이라고 말할 수 있을까? 그럴 수 있을지도. 너무나 '인간적'이어서 그는 바람을 피웠고, 심지어 그게 범죄 현장에서 묻어오는 나쁜 것들을 없애기 위함이라고, 가족을 위한 길이라는 말도 안 되는 자기변명을 일삼았다. 그렇다면 인간은 질병이라는 러스트의 판단은 너무나 옳은 것이 아닌가? 과거를 회상하던 마틴은 삶이 손가락 사이로 빠져나간 것 같은데, 그 이유는 자기 자신이 너무나 무관심한 인간이었기 때문이라고 털어놓는다.

러스트는 심문을 받는 동안 형사들에게 인간의 삶은 멍청한 의미로 만든 모래성이고, 사랑, 증오, 기억, 고통, 그 모든 게 일종의 꿈이라고, 마지막에 괴물이 등장하는 꿈에 불과하다고 말한다. 하지만 형사들의 심문실을 박차고 나와 마틴을 쫓아간 러스트는 사건이 아직 끝나지 않았다면서 여전히 죽어가는 여자들과 아이들 혹은 죽음조차 은폐된 여자들과 아이들이 있다고 도와달라고 요청한다. 그리고 이렇게 덧붙인다.

"폭력과 타락의 연속인 삶에서 벗어나고 싶어요. 이 사건을 해결하지 못하면 자신은 영영 그 굴레에서 벗어나지 못할 거예요."

방금 전까지 악몽을 운운하던 사람이 저런 말을 내뱉는다는 것이 이상하게 느껴지기도 한다. 하지만 나는 곧 깨닫는다. 인간은 질병이고, 삶은 악몽에 불과하고, 모든 것은 그저 반복될 뿐이라는 사실을 알고 있기 때문에 그 누구보다 러스트는 그런 세계에서 벗어나고 싶어 한다는 것을. 그러니까 러스트는 이 드라마에 등장하는 그 누구보다도 끔찍한 악몽의 반복을 끊어내기를 바라는 사람인 것이다. 마틴도 마찬가지다. 과거에 저지른 자신의 과오를 그런 식으로 속죄하고 싶었던 것이리라. 그래서 그들은, 러스트와 마틴은 폭력과 타락의 굴레에서 벗어나게 되는가?

〈트루 디텍티브〉의 세계는 〈CSI〉의 세계와는 정반대에 놓여 있다. 〈CSI〉의 세계에서는 과학과 수사와 합리적인 이성을 통해 사건을 해결하고 범인을 잡을 수 있다. 그것은 언제나 한 치의 오차도 없는 정확한 세계, 모든 것이 말끔하게 재단된 세계이다. 〈트루 디텍티브〉의 세계에서 그런 것은 불가능하다. 드라마를 다 보고 난 후에도 우리는 이 끔찍한 범죄자들이 범죄를 저지르는 이유를 알지 못한다(혹은 알고 싶지 않다). 그것은 이성의 영역 바깥에 있다. 지저분하고 형체를 알아볼 수 없는 세계. 러스트와 마틴은 죽음을 무릅쓰고 범죄자를 찾아내지만, 결국 진짜 범인을 처단하지는 못한다.

마지막 장면, 휠체어에 탄 러스트와 마틴은 하늘을 바라본다. 그들은 빛과 어둠, 선과 악에 대한 이야기를 나눈다. 하늘에는 어둠이 더 많은 자리를 차지하는 것 같다고. 그렇지만 러스트는 곧 생각을 바꿔 말한다.

"아까는 잘못 본 것 같아요. 하늘 말이에요. 태초에는 어둠만이 있었는데 내 생각에 빛이 이기고 있는 것 같아요."

　　러스트와 마틴이 사는 세계는 여전히 끔찍한 범죄들로 가득 차 있다. 범인들은 멀끔한 얼굴로 배를 두드리며 살아갈 것이고, 또다시 여자들은 죽고 아이들은 갇히게 될 것이다. 하지만 러스트와 마틴 역시 다시 여자들과 아이들을 구하려고 시도할 것이다. 실패하더라도, 깊은 좌절감에 소리를 지르고 싶어질지라도, 목숨을 걸어야 할지라도 멈추지 않을 것이다. 삶은 반복되는 꿈에 불과한지도 모른다. 하지만 그 반복되는 꿈속에서 어떤 모습으로 살아갈 것인지 우리는 스스로 선택할 수 있다.

행복해지기 위한 고통
—하우스 House, M.D.

연말이 되면 나는 밤마다 〈하우스〉를 정주행한다. 지난 몇 년 동안 변함없이 그래왔다. 미국에서의 방영 시기 덕분이겠지만, 〈하우스〉의 거의 모든 시즌에는 눈이 펄펄 내리는 날씨를 배경으로 하는 크리스마스 에피소드가 등장하기 때문이다. 물론 고집쟁이에 천재적인 능력을 가진 의사이자 지독한 무신론자이기도 한 주인공, 그레고리 하우스에게 크리스마스는 별다른 의미를 지니지 못한다. 그에게 중요한 건 자신이 풀어야 하는 수수께끼에 불과한 환자, 신체적 고통을 덜어줄 바이코딘(결국 바이코딘에 중독되어서 정신병동에 입원한다), 감자칩과 루벤샌드위치(그럴 일이 아닌데, 하우스가 샌드위치 먹을 때마다 나도 너무 먹고 싶어진다)… 그 정도이다. 그는 자신이 근무하는 종합병원의 로비에 설치된 커다란 크리스마스트리에는 눈길조차 주지 않는다. 지팡이에 의지한 채 절뚝이며 그저 지나칠 뿐이다. 그렇지만 가끔 병원 정문 밖에 멈추어 서서 눈이 펄펄 내리는 하늘을 올려다보기도 한다.

　　눈이 펄펄 내리는 날을 배경으로 하는, 내가 좋아하는 에피소드 중 하나의 제목은 '뉘우침'인데, 하우스가 예전에 잘못을 저지른 대학 동기에게 용서를 구하는 내용을 담고 있다. 〈하우스〉를 본 이들은 알겠지만 이건 절대 하우스다운 행동이 아니다 (클리셰지만 이 문장을 쓸 수밖에 없다). 하우스다운 행동이 뭐냐고? 하우스는 이루 말할 수 없을 정도로 이기적이고, 타인의 감정을 고려하지 않으며, 자신이 옳다는 것을 증명하기 위해 무슨 짓이든 하는 사람이다. 특히 자신을 사랑하는 사람들, 그의 괴팍한 횡포에도 불구하고 끝까지 곁에 있으려고 노력하는 사람들을 배신하는 짓도 서슴지 않는다(그리고 그들이 자신에게 질려 두 손 두 발 다 들게 만든다). 이 드라마에서 하우스가 자주 입 밖으로 내뱉는 신념들이 있다.

"삶은 고통이야. 삶은 비참한 거야. 모든 사람은 변하지 않아. 모든 사람은 거짓말을 해."(나는 이 드라마가 방영될 당시 공동 구매했던 'Everybody lies'라고 적힌 빨간 머그잔을 여전히 가지고 있다.)

물론 드라마를 보다 보면 어쩔 수 없이 하우스의 말이 맞다고 생각하게 되는 순간들이 있다. 환자들은 죽을 위기에 처해 있으면서도 진실을 숨기고, 때때로 진실을 밝히는 대신 죽음을 선택하기도 한다(하우스는 이런 환자가 죽도록 가만두지 않는다. 환자를 위해서가 아니라 자신의 진단이 맞다는 것을 증명하기 위해서). 환자들뿐만 아니라 하우스와 일하는 의사들 혹은 하우스의 친구들도 마찬가지다. 그들은 모두 각자의 이유로 상대에게 혹은 자기 자신에게 거짓말을 한다. 그렇다면 하우스는? 하우스는 말한다.

"모두 다 거짓말을 하지만 난 아니라네."

정말 그럴까? 그런 사람이 이 세상에 존재할까?

하우스는 자기가 상처를 줬던 사람에게 사과 편지를 써야 하는 (불가항력적) 상황에서 깊은 상처를 줬던 가까운 사람들 대신 심정적으로 아주 먼 대학 동창을 선택한다. 어째서? 하우스의 유일한 친구인 윌슨의 말마따나 자신에게 의미 있는 사람들에게는 차마 직접 사과할 수가 없어서, 그런 식으로라도 죄책감을 덜어내고 싶었던 걸까?

죄책감을 느끼지 못해서 고통스럽지 않은 삶과 죄책감을 느끼기 때문에 필연적으로 고통이 따르는 삶.

눈이 펑펑 내리는 날, 기어코 대학 동창의 집을 찾아간 하우스의 뒷모습을 보면서 그런 궁금증이 들었다. 죄책감을 덜고 싶어 하는 하우스의 마음은 누군가를 진심으로 사랑하고 싶어 하는 희망의 발로인 걸까? 아니면 자신은 절대 누군가를 진심으로 사랑할 수 없으리라는 비참함의 또 다른 표현인 것일까? 알 수 없다. 시즌3의 마지막 화에서 그는 (그 어느 때보다 진심 어린 투로) 자신의 곁에 아무도 남아 있지 않아도 전혀 상관없다고 얘기하더니 시즌4 마지막 화에서는 비참한 삶을 살고 싶지도, 고통받고 싶지도 않다고 말한다.

그럼에도 하우스는 자신의 신념을 절대로 포기하지 않는다. 마치 삶은 고통이고 비참한 것이라는 자신의 명제만이 이 세계에 존재하는 순수하고 객관적인 진실이며, 자신이 그 진실의 화신이라도 된다는 듯이.

모든 것을 기억하는 환자가 등장하는 에피소드에서 하우스는 환자에 대해 이렇게 말한다.

"세상 모든 사람들이랑은 다르게 그 환자 기억력은 관계있는 사람들에 대해 순수하고 객관적인 눈으로 보게 하니까. 마음의 창을 흐리는 작은 감정 같은 건 없는데, 그게 뭐가 그렇게 잘못됐어?"

하지만 순수하고 객관적인 눈은 불가능하다. 모든 것을 기억하는 환자는 언제나 나쁜 기억에만 초점을 맞춘다. 나쁜 것을 더 많이 기억하기로 결정한 것처럼. 거기에는 언제나 '마음의 창을 흐리는 작은 감정'이, 거기에서 촉발되는 어떤 선택들이 존재한다. 그 어느 누구도 세계의 객관적인 관찰자가 될 수는 없다. 그러는 척하는 것일 뿐. 그러므로 하우스가 아주 순수하고 객관적이라고 믿는 진실─삶은 고통이고, 비참할 뿐이다─역시 하우스의 '마음의 창을 흐리는 작은 감정'이 발현된 결과인지도 모른다. 이 드라마가 막바지에 다다랐을 때, 그 어느 때보다 하우스가 절망적으로 보일 때, 하우스의 곁에 정말로 아무도 남아 있지 않은 것처럼 보일 때 부하 직원이었던 의사 포어맨은 하우스에게 말한다.

"진실은 때때로 지랄 맞은 거예요. 사랑하는 사람을 위해 고통을 감내하는 것, 그것이 삶이 아닐까요."

나는 앞에서 '죄책감을 느끼지 못해서 고통스럽지 않은 삶과 죄책감을 느끼기 때문에 필연적으로 고통이 따르는 삶'이라고 썼다. 이 문장을 이런 식으로 바꾸어서 쓸 수도 있지 않을까?

누군가를 사랑하기 위해 (혹은 누군가를 사랑해서) 고통을 감내하는 삶과 아무도 사랑하지 않아서 그 어떤 고통도 느끼지 않는 삶.

이 둘 중 무엇이 더 나은 삶인가에 대해 말하고 싶은 것이 아니다. 다만 누군가를 사랑한다는 이유로 고통을 감내한다는 말이 어떤 희생을 지칭하는 것만은 아닌 것 같다. 그러니까 그건 생각보다 자주 일어나는 일이라는 점이다.

최근에 나는 (나의 최측근인) 물고기군 님과 싸운 적이 있다. 우리는 파리를 여행하고 있었고, 오페라 가르니에에서 공연을 보고 나오는 길이었다. 싸움의 발단은 그가 도통 사진을 찍으려 하지 않는 것이었다. 공연이 끝나고 다들 극장을 배경으로 사진을 찍어대는데, 그는 그냥 빨리 호텔로 돌아가자고만 했다. 뒤늦게 내 기분이 상한 걸 눈치채고 사진을 찍자고 했지만, 나는 그의 말을 무시하고 그냥 극장 바깥으로 나와버렸고 숙소로 돌아가는 버스를 탄 이후에도 말 한마디 하지 않았다. 이상한 슬픔이 내 마음속을 맴돌았다. 눈물이 날 것 같았다. 나는 내 기분을 그에게 설명해야 한다고 느꼈다. "요즘 그런 생각을 해. 우리가 살아 있는 날들이 점점 줄어들고 있다는 그런 생각. 살아가는 건 무언가를 계속 상실하는 과정일 뿐인 것처럼 느껴져. 우리가 함께 있는 시간도 점점 줄어들고 있는 거야. 그래서 나는 이 시간을 최대한 어떤 식으로든 남겨두고 싶어." 생각을 말로 뱉어내면 기분이 괜찮아질 줄 알았는데, 상황은 정반대로 흘러가는 것 같았다. 나는 더 비관적인 생각에 빠져들고 있었다. 잠시 후 그가 입을 열었다. "그래도 나는 다행이라는 생각이 들어. 너는 우리가 함께하는 시간이 줄어든다는 생각 때문에 슬픈 거잖아. 어쨌든 그건 좋은 일인 것 같아. 함께 있는 시간이 지겨워서 빨리 지나갔으면 하고 바라는 것보다 훨씬. 나를 사랑하니까 그렇게 생각하는 거잖아. 네가 그만큼 누군가를 이루 말할 수 없이 많이 사랑한다는 증거니까."

나는 여전히 슬펐다. 누군가를 사랑한다는 행위에 그런 슬픔이 포함되어 있다는 사실이 슬펐다. 하지만 이상하게도 더 이상 비관적인 생각이 들지는 않았다. 그건 나에게는 좀 놀라운 경험이었다. 그전에는 슬픔과 비관을 잘 구분할 수 없었는데, 그 순간 그 두 가지가 어떻게 다른지 알 것 같았기 때문이다.

사랑하기 때문에 슬픈 것이다.

누군가를 사랑하지 않는다면 슬프지도 않을 것이다. 그럼에도 나는 누군가를 사랑하는 일을 멈추지 않았다. 앞으로도 누군가를 계속 사랑할 수 있다. 그리고 지금도 그렇다.

그런 면에서 누군가를 사랑하기 위해 고통을 감내해야 한다면, 삶은 고통이라는 하우스의 말은 어느 정도의 진실을 담고 있는 셈이다. 하우스는 어떻게 될까? 〈하우스〉의 피날레 에피소드는 내가 개인적으로 가장 훌륭하다고 꼽는 두 개의 피날레 에피소드 중 하나이다(다른 하나는 〈소프라노스〉). 나는 그가 마지막까지 삶은 고통이라는 자신의 명제를 밀고 나갔다고 생각한다. 다만 이제부터 그가 떠맡을 고통은 사랑하는 사람을 위해 그 자신이 직접 선택한 것이다. 그것은 비참해지기 위한 고통이 아니라 행복해지기 위한 고통이다. 행복해지기 위한 고통이라니! 포어맨의 말마따나 진실은 때때로, 아니 훨씬 더 자주 지랄 맞다.

잘못된 선택
—오자크Ozark와 브레이킹 배드Breaking Bad

많은 사람이 〈브레이킹 배드〉를 먼저 보고 〈오자크〉를 나중에 접했을 것 같은데, 나의 경우는 그 반대였다. 이 말인즉슨 〈브레이킹 배드〉를 꽤 늦게 보았다는 의미이기도 하다. 몇 년 전 〈브레이킹 배드〉 시즌1 1화를 보고 나서는 더 이상 진도를 나가지 못했다. 대다수의 사람들이 이 드라마를 너무 좋아한다는 사실을 알고 있었고, 그러므로 내가 왜 이 드라마 보는 것을 그만두었는지 한동안 궁금해했다. 〈브레이킹 배드〉를 무척 좋아하는 내 친구는 그게 사막을 싫어하는 내 성향 때문이라고 분석했다. 조금 황당하지만, 맞는 말일 수도 있다. 돌이켜보면 나는 사막이 등장하는 드라마나 영상물은 거의 본 적이 없다(그런데 그런 게 뭐가 있지?). 친구는 덧붙였다. "그… 뭐랄까, 약간 더운 느낌, 너는 그런 걸 싫어하잖아?" 이 말도 상당히 일리가 있다. 실제로 가장 좋아하는 계절은 여름(정확히는 초여름)이지만, 그건 내 살갗에 닿는 태양열과 햇살에 점령된 거리를 좋아하는 것이지 화면에서 뿜어 나오는 그 탁한 열기, 땀에 젖어 번들거리는 모습, 무언가 말라비틀어지는 것 같은 기운…과는 관련이 없다. 그런 건 보기가 싫다. 하지만 내가 이 드라마를 그만둔 이유가 그런 사소한 거라고? 그랬을 수도 있다.

때로는 아주 작은 요소가 많은 것을 좌우하니까.

그렇다면 내가 〈오자크〉를 계속 볼 수 있었던 건, 화면에서부터 느껴지는 그 차가운 분위기 때문이었을까? 〈오자크〉는 언제나 〈브레이킹 배드〉와 비교돼왔고, 앞으로도 그럴 운명이다. (당연하게도) 이 두 드라마는 공통점만큼이나 다른 점도 아주 많다. 이를테면 〈오자크〉의 주인공인 마티 버드가 마약 카르텔의 자금 세탁을 시작하게 된 이유는 돈 때문이었다. 제안을 거절한 마티를 설득하려고 카르텔은 마티와 그의 아내 웬디를 집으로 초대한다. 화려한 집, 엄청나게 비싼 가구, 좋은 음식에 둘러싸여 극진한 대접을 받은 날 밤, 마티 부부는 바로 그 집의 침실에 앉아 돈세탁을 할지 말지를 의논한다. 그때 웬디는 알듯 말듯 살짝 고개를 끄덕인다. 이 세계에서 다른 세계로 건너가는 것을 결정하는 최소한의 몸짓. 웬디에게서는 왠지 모르게 약간의 절박함마저 느껴진다("나는 그저 고개를 끄덕일 뿐이야"). 몇 년 후, 가족이 위험에 처하자 웬디는 마티보다 훨씬 더 적극적이고 냉정한 철면피가 된다. 부부가 (비윤리적이고 불법적인) 일을 저지를 때마다 "가족이 함께하기 위해"라는 변명이 뒤따르기 시작하는데, 때때로 (처음에는 고개를 끄덕이기만 했던)

웬디에게는 가족을 보호하는 것만큼이나(혹은 그보다 더) 중요한 게 있는 것처럼 보인다.

〈오자크〉의 마티 부부가 돈에 대한 욕망에서 이 일을 시작하고, 모종의 이유로 가족의 보호라는 명분을 부각시킨다면 〈브레이킹 배드〉의 주인공인 월터 화이트가 마약 제조를 시작하는 이유는 애초부터 따질 것도 없이 가족이었다. 과거, 천재적인 화학도였던 월터는 회사를 창업하고 큰돈을 벌 뻔하지만, 한순간의 '잘못된' 선택으로 인해 이제는 그 시절의 동업자가 엄청난 부와 명예를 얻은 상황을 지켜봐야만 하는 처지이다. 고등학교에서 화학을 가르치지만 늘 돈에 쪼들리기 때문에 세차장에서 아르바이트를 한다. 대출금을 다 갚지 못한 집은 여기저기 고장 났고, 큰아들은 장애인이며, 아내는 계획에 없던 아이를 임신 중이다. 아마 그런 식으로 삶이 지속되었더라도 괜찮았을 것이다. 그들 가족은 서로를 사랑하고 그런 면에서는 행복하다고 말할 수도 있었으므로. 하지만 월터가 폐암으로 시한부 판정을 받은 이후로 모든 것이 달라진다. 월터는 자신이 죽은 후 남겨질 가족이 걱정되어 견딜 수가 없다. 집의 대출금, 아들의 대학 등록금, 곧 태어날 아이의 양육비, 가족의 생활비…. 그러므로 그가 마약을 제조하기로 결정했다 한들 누가 쉽게 비난할 수 있겠는가? 기껏해야 몇 달밖에 더 살지 못할 남자가 가족을 위해 한 마지막 선택에 대해? 그건 월터 자신을 위한 게 아니었다. 그렇다면 그걸 월터의 희생이라고 말할 수도 있을까?

'하이젠베르크'라는 이름난 마약 요리사가 된 월터는 시즌3 5화에서, 처음 의도와 달리 가족이 점점 와해되는 것을 느낀 후 이 일에서 손을 떼기로 한다. 하지만 최고의 마약이 필요한 마약상 거스는 최신식 마약 제조 시설과 어마어마한 돈을 제시하며 월터를 유혹한다. 월터가 그동안 잘못된 선택을 했고 더 이상 그러고 싶지 않다고 말하자 거스는 질문한다. "왜 그런 잘못된 선택을 한 거죠?" 가족 때문이었다는 월터의 대답에 거스는 말한다. "그럼 그건 잘못된 결정이 아니요. 남자가 하는 일이 뭐요, 월터? 가족을 부양하는 거죠. (…) 남자는 가족을 부양해야 합니다. 아무도 몰라줘도 그래야만 하죠. 존중받지 못하거나 사랑받지 못하더라도 그저 묵묵하게 해내야 합니다." 월터의 행위가 숭고한 희생이라도 된다는 듯 말하는 거스는 끊임없이 월터의 (가부장적인) 욕망을 자극한다(그리고 성공한다).

극이 진행될수록 월터의 욕망은 끝도 없이 뻗

어나간다. 어쩔 수 없어서 하는 것처럼 보이던 일들은 이제 순전히 월터 자신을 위한 것이 된다. 심지어 때때로 월터에게는 다른 사람의 사랑을 받는 건 더 이상 그리 중요하지 않아 보인다. 죽을 때까지 쓰지 못할 돈이나 명예 같은 것에도 관심이 없다. 그건 〈오자크〉에서 웬디(그리고 마티)가 지역사회에서의 명예를 갈구하고, 상류사회로의 진입을 꿈꾸며 사회의 인정을 바라는 것과는 전혀 다른 모습이다. 심지어 월터가 바라는 것은 악평—하이젠베르크—인 것처럼 느껴지기도 한다. 월터와 하이젠베르크 사이의 그 아슬아슬한 줄타기. 시즌2 12화에서 그가 갓 태어난 자신의 딸에게 (아내나 아들은 모르게) 숨겨둔, 마약으로 번 돈을 보여주는 장면은 그런 점에서 아주 인상적이다. 그는 자신의 힘-악평을 과시하고 싶지만, 그래서는 안 된다. 그의 악명은 발각되어서는 안 된다. 그건 악명의 종말을 뜻하기 때문이다. 이게 바로 월터가 꼼짝없이 갇힌 덫이다. 그는 자신이 마약상이라는 사실을 숨기기 위해 필사적으로 노력하지만, 때때로는 그걸 알리지 못해 안달을 한다(그리고 치명적인 실수를 하기도 한다). 월터는 결국 아내에게 이렇게 말한다. "내가 누군지 모르는 모양인데 힌트를 주지. 난 위험에 빠진 게 아니야. 내가 위험한 인물이지. 누가 문을 두드리고 총으로 날 쏠까라고? 문 두드리는 사람은 나야."

아마 〈브레이킹 배드〉를 본 사람들이라면 비슷한 감정을 느끼지 않았을까 싶은데, 피날레 에피소드를 제외하고 개인적으로 가장 가슴이 아팠던 장면은 시즌5 12화의 인트로이다. 장장 6년 동안 방영된 이 시리즈는 마지막 즈음에 다다랐을 때, 주인공 월터와 또 다른 주인공 제시가 약을 만들기 시작한, 바로 첫 시즌 첫 화를 보여준다. 몇 년 전 내가 시도했다가 멈춘 바로 그 에피소드. 나는 비교적 짧은 시간에 이 드라마를 몰아 보았지만, 몇 년 동안 차근차근 따라온 사람들이라면 아마 이 장면에서 마음이 무너졌을지도 모르겠다(이게 미드의 가장 큰 매력인 것 같다. 오랜 시간을 함께한다는 것). 그 시절 월터는 마치 순수한 과학자 같다. 약간 어리벙벙하고 성말라 보이지만, 악인처럼 보이지는 않는다. 그가 바란 것은 자신이 죽은 후 가족에게 필요한 최소한도의 돈, 그뿐이었다. 아내는 그를 사랑했고, 아들은 그를 존경했다. 하지만 이제 월터에게 남은 것은 아무것도 없다. 현재의 그는 정말 악인 같아 보인다. 만약 월터가 과거의 어떤 순간에 다른 선택을 했더라면 어땠을까? 월터 역시 그런 생각을 안 한 건 아니었다. 시즌3 10화에서 월터는 말한다. "난 기회를 놓쳤어. 완벽한 순간이 있었는데 그걸 놓쳤어." 이 말에 제시가 질문한다.

"무엇을 위한 완벽한 순간?"

피날레 에피소드를 보는 내내, 나는 제시의 그 질문을 떠올렸다. 무엇을 위한 완벽한 순간? 우리가 그런 순간을 알아차릴 수 있을까? 완벽한 순간을 잡아챌 기회, 그런 선택. 그때 그렇게 해야 했어, 혹은 그때 그렇게 하지 말아야 했어, 이런 말들. 그게 완벽한 순간인지 아닌지, 좋은 선택인지 아닌지는 언제나 사후적으로만 알 수 있는 걸까? 이 "아원자가 아무렇게나 충돌하는 이 무작위의 우주" 속에서, "필연이 아닌" "순전히 혼돈으로 가득한" 이 세계 속에서 우리는 어떤 선택을 하면서 살아가야 하는 걸까? 그리고 어떤 선택이 훗날 잘못된 것으로 판명이 되었을 때, 도저히 상황을 되돌릴 수 없을 때 우리는 어떤 식으로 받아들여야 하는 걸까?

가장 좋아 보이는 선택이 나중에 가서는 잘못된 것으로 판명이 난다. 그 잘못을 만회하기 위해, 월터는 더 이상한 선택을 한다. 그리고 그 잘못된 선택은 월터를 점점 더 "문을 두드리는 사람"으로 만든다. 우리는 그런 월터를 마냥 사랑할 수도 없지만, 마냥 미워할 수도 없다. 오랜 시간 한 인간의 비극적인 삶의 궤적을 따라왔기 때문이기도 하지만, 누구나 그런 식의 비극을 겪은 적이 있기 때문이기도 하다. (물론 월터처럼 마약왕이 되거나 누군가를 죽이지는 않았겠지만) 누구나 말도 안 되는 결정을 하고, 후회를 하고, 거기에서 빠져나오지 못해 또다시 잘못된 선택을 하고, 후회를 반복한 경험이 있기 때문이다. 그 혼란스러움을 겪어봤기에.

〈오자크〉의 세계에는 이런 혼란스러움이 (상대적으로) 없다. 그들의 욕망은 마치 폭발하듯 질주한다. 인물들이 주춤거릴 때가 있지만 그건 그 행동이 이득이 되는지 안 되는지, 혹은 손해를 더 끼치는지 덜 끼치는지와 관련이 있다. 그들은 결단하고, 좀처럼 후회하지 않으며, 앞으로 나아갈 수 있다. 하지만 〈브레이킹 배드〉의 세계는 다르다. 아무리 합리적인 결정을 한다 해도 우리는 그 일의 진짜 의미를 그 당시에는 알 수 없다. 그런 식으로 〈브레이킹 배드〉는 매끈하지 않은, 비합리적이고 설명할 수 없는 이 세계의 무언가를 남겨놓는다. 끈적끈적하게, 마치 사막 한가운데에 남은 월터와 제시가 흘리는 땀처럼, 그들의 옷에 더러운 흔적을 남기는 모래바람처럼, 그들을 그토록 괴롭히던 파리 한 마리처럼. 정신 똑바로 차려, 그렇지 않으면 그 누구도 이 세계에서 그것—오염—을 피해 갈 수 없을 거야, 라고 말하고 싶은 것처럼.

나는 이 드라마를 보다가 이렇게 메모했다.

"불행이 닥친 후, 우리가 하는 선택이 우리 자신이다." 하지만 이렇게 단순하게 설명될 수 있을까? 이 문장은 조금 더 복잡한 경로를 지나야 한다. "불행이 닥친 후, 우리가 한 선택이 잘못되었다는 것이 드러났을 때 우리가 하는 선택이 우리 자신이다."

사랑의 마음
—트윈 픽스Twin Peaks

아주 희미한 기억이다. TV 화면 속, 거대한 폭포는 물보라를 일으키며 물줄기를 쏟아낸다. 화질은 그렇게 좋은 것 같지 않다. 무언가 잔뜩 구겨진 느낌. 폭포 앞으로 금발 머리를 한 십대 여자애의 모습이 환영처럼 떠올랐다가 곧 사라진다. 영상 속에서 보여지는 모든 것들은 다소 비현실적이다. 화면 위로 흐르는 음악은 느긋하면서도 불안감을 조성한다. 몽환적, 이라는 단어가 가장 잘 어울리는 것 같기도. 어쩐지 곧 아주 슬프고도 무서운 일이 벌어질 것만 같다. 그리고 드라마의 제목이 뜬다.

TWIN PEAKS

이 드라마의 오프닝 장면과 음악은 아주 오랜 후까지 내 기억 속에 남아 있었다. 사실 그 당시 내가 이 드라마를 한 회차라도 제대로 본 적이 있는지 도통 모르겠다. (내 기억이 맞다면) 이 드라마는 자정 가까운 시간에 방영했고, 중학생이었던 나는 그 시간까지 TV를 보는 게 허락되지 않았다. 부모님 몰래 TV를 켜고 어둠 속에서 본 적이 몇 번 있을지도 모른다. 하지만 분명하게 내 기억에 남아 있는 풍경은 그런 건 아니다. 어두운 밤이 아니라 환한 낮, 나는 친구네 집에 있다. 그 집 TV에서 〈트윈 픽스〉의 인트로 화면이 펼쳐지고 있다. 폭포, 금발 소녀의 얼굴. 거기에 모인 친구들은 그걸 함께 보고 있다(왜곡된 기억인가?). 친구네 부모님은 분식집을 운영하셨고 친구네 집 냉동실에는 언제나 (팔다 남은) 김밥이 있었다. 친구는 부모님이 없는 집에 우리를 초대해서 김밥에 계란 물을 입혀 구워주었다(그런 레시피를 나는 그때 처음 알았다). 드라마 속 세계는 우리와 상관이 없는 것 같았고, 그러므로 김밥을 하나라도 더 먹는 게 중요했을 것이다.

〈트윈 픽스〉는 트윈 픽스라는 마을에 사는 사람들 모두에게 사랑받았던 완벽한 십대 여자애, 로라 파머의 시체가 발견되는 것으로 이야기가 시작된다. 마을로 파견된 FBI 요원 데일 쿠퍼와 로라의 친구들은 그 죽음의 비밀을 파헤치기 시작하는데, 이 과정에서 마을 사람들이 가진 각자의 추악한 비밀이 드러난다. 피해자인 로라도 마찬가지이다. 로라는 모든 것에 능통하고 선하기만 한 그런 아이가 아니었다. 불법적인 일에 연루되었고, 남자친구에게는 억지로 마약 판매를 시킨다. 마치 사람들은 악에 물든 것처럼 보인다. 극이 진행되면서 밝혀지는 더 많은 비밀들이 있다. 사악한 존재를 품고 있는 마을 안쪽의 숲. '불이여, 나와 함께 걷자(Fire, walking with me)'라는 문장을 몸에 새긴 사람들, 밥이라는 이름의 악령, 악령에 씐 사람들, 난쟁이와 거인, 검은 오두막, 도플갱어, 죽지 않은 사람들, 다시 살아 오는 사람들, 시간과 공간의 뒤틀림….

물론 이러한 줄거리 요약은 작년에 이 드라마의 마지막 시즌까지 다 보고 난 후에야 가능하게 된 것이다. 처음 〈트윈 픽스〉를 본 이후로 나는 다시는(그러니까 작년까지) 그 드라마를 보지 못했다. 그 대신 데이비드 린치 감독의 영화는 모조리 다 찾아 보았다. 그리고 그는 내가 가장 좋아하는 감독 중 한 명이 되었다. 그의 영화를 보면 볼수록 〈트윈 픽스〉에 대한 갈망은 더 커졌다. 2007년에 〈인랜드 엠파이어〉를 보고 나서, 나는 데이비드 린치를 더욱더 사랑하게 되었다. 세상에, 그게 벌써 17년 전의 일이라니 믿어지지가 않는다(믿고 싶지가 않다). 그 당시의 나는 내가 소설가가 될 수 있으리라고 생각하지 못했다. 나는 소설가가 되기 전 내 삶에 대해서 "술에 술 탄 듯 물에 물 탄 듯"이라고 표현하는 걸 좋아했는데, 『아무튼, 미드』를 쓰면서 새삼 알게 된 사실은 그 시절만큼 내가 영화나 미드를 열심히 본 적이 없다는 것이다. 그때는 누가 그러라고 한 것도 아닌데, 뭘 보고 나면 그 마음이, 그 기억이 사라져버릴까 봐 글을 쓰고는 했다.

　영화를 본 날의 기억이 뚜렷하게 남아 있다. 압구정 CGV에서 제1회 디지털영화제(아무도 필름으로 영화를 찍지 않는 지금에 와서는 디지털영화제라는 단어 자체가 이상하게 들릴 것이다)가 열리는 날이었다. 바로 〈인랜드 엠파이어〉가 개막작이었다. 여름이었고, 나는 베이지색 원피스를 입고 있었다. 그때 영화를 함께 본 친구에게 나는 많은 것을 받았다. 그는 내 소설을 좋아해준 몇 안 되는 사람 중 한 명이었고, 필요할 때 도움을 주는 존재였다. 그렇지만 (역시 지금 이 글을 쓰면서 생각해보니) 나는 그 친구에게 고맙다는 표현을 한 적이 한 번도 없는 것 같다(후회가 된다. 그 시기를 떠올리면 후회되는 일이 많다. 많은 실수를 저질렀다. 자주 그때의 내가 미워진다). 그 영화제에 나를 데려간 것도 그 친구였다. 영화를 보고 밖으로 나왔더니 한밤중이었고, 바람이 많이 불었다. 우리는 마감 시간이 얼마 남지 않은 카페에 들어갔고, 나는 약간 벅차오르는 기분으로 영화에 대해 떠들어댔다. 무슨 말을 했는지 기억나지 않지만, 아마도 아주 피상적인 수준의 감상이었을 것이다. 누군가 내게 그 영화가 뜻하는 것이 무엇이냐고 묻는다면 솔직하게 잘 모르겠다고 답할 수밖에 없다. 그래도 나는 그 영화를 사랑했고 여전히 그렇다. 잘 모르는데 사랑하는 것, 이해할 수 없지만 탐닉하고 싶은 것, 허세라고 놀림받는다 해도 어쩔 수 없다. 왜냐하면 내 마음이 정말 그런 식으로 작동했기 때문이다.

〈인랜드 엠파이어〉를 본 날 나는 또다시 〈트윈 픽스〉를 떠올렸다. 폭포와 그 위로 떠오르는 금발 여자애의 모습. 그리고 여자애가 사라진 화면 위로 떠오르는 글자들.

그로부터 10년 후 미국에서는 〈트윈 픽스〉 시즌3이 방영되기 시작했다.

최근 〈트윈 픽스〉를 정주행하면서 오프닝 장면을 잘못 기억하고 있다는 사실을 깨달았다. '트윈 픽스'라는 제목은 좀 더 일찌감치 등장한다. 폭포가 나오긴 하지만 그리 긴 분량은 아니고 금발 여자애의 모습이 떠오르지도 않았다. 그래도, 여전히 나는 그런 식으로 기억한다. 그러고 싶다.

널리 알려진 사실이지만, 〈트윈 픽스〉는 1990년대에 미국에서 파일럿이 방영되었을 때부터 이미 놀라움의 대상이었다. 지금까지도 미국의 유수 매체에서 뽑는, 꼭 봐야 하는(혹은 뭐 그런 비슷한 타이

틀) 드라마 리스트 상위에 랭크되어 있지만, 그것보다 이 드라마를 설명하는 데 더 적절한 표현은 이런 것이다. "당신이 지금 어떤 미드를 보든 그건 〈트윈 픽스〉의 영향을 받았다." 이를테면 〈트윈 픽스〉에서 보여지는 영화적 연출 방식은 그전에는 시도된 적이 없었고, 그 후로 (이런 연출의 최정점을 보여주는) 〈매드맨〉이나 〈브레이킹 배드〉, 혹은 〈소프라노스〉 같은 드라마가 만들어지는 데 지대한 공을 세웠다(〈매드맨〉 시즌7의 8화에는 〈트윈 픽스〉에 대한 일종의 오마주가 등장한다). 알 수 없는 미지의 세계, 저 너머의 존재라는 테마는 〈엑스파일〉에 영감을 줬고, 꿈과 현실을 오고 가는 듯한 초현실적인 이미지는 〈소프라노스〉에서 자주 훌륭한 방식으로 반복된다(린치는 '아이디어'를 물고기에 비유하는 걸 좋아했는데 〈소프라노스〉의 토니는 꿈속에서 물고기 얼굴 남자와 대면한다). 내 생각에 가장 큰 영향을 받은 작품은 〈로스트〉이다. 〈트윈 픽스〉에 등장하는 장소인 사악한 존재를 품고 있는 숲, 그리고 삶의 공간도 죽음의 공간도 아닌 '검은 오두막'은 영락없는 〈로스트〉의 섬으로 재연된다(시간과 공간의 뒤틀림 같은 테마도 반복된다). 하지만 〈트윈 픽스〉가 〈로스트〉에 미친 가장 주요한 영향은 시즌에서 시즌으로 이어지는 '떡밥'의 투척이다. (내가 알기로) 하나의 시즌이 끝날 때까지 그 시즌을 관통하는 주요 사건의 범인이 잡히지 않는 건(그러니까 떡밥이 해결되기는 커녕 새로운 떡밥을 던져두는 건) 〈트윈 픽스〉가 최초였다. 〈트윈 픽스〉는 계속 단서들을 던져주고 시청자들을 따라오게 만든다. 하나의 단서는 그들—주인공들과 시청자들—의 다음 걸음을 가능하게 하지만, 그다음 공간에 도착하면 또다시 새로운 단서가 있을 뿐이다. 그 단서는 또다시 다음 걸음을 가능하게 만들고…. 한번 이 드라마를 시작한 사람들은 다음 단서를 찾는 걸 멈추기가 어려워진다.

데이비드 린치는 로라를 죽인 범인이 누구인지 직접적으로 명시되는 것을 원하지 않았다(하지만 시즌2에서 범인이 밝혀지고 이것 때문에 그는 〈트윈 픽스〉에서 손을 뗐다가 다시 돌아온다). 시청자들이 계속해서 무언가를 탐색하는 기분으로 드라마에 몰입하기를 바랐기 때문이었겠지만, 내 생각(100퍼센트의 추측, 망상 혹은 비약?)을 밀어붙인다면 그는 살인자의 정체가 밝혀지는 것 자체가 무의미하다고 여겼던 것 같다. 이를테면 살인자로 판명된 인물이 로라를 죽인 이유는 악령에 사로잡혔기 때문이다.

그것도 아주 오랜 시간 동안 악령 때문에 괴로움을 겪어왔음을 고백한다. 그렇다면 그는 왜 악령에 사로잡혀야 했을까? 놀랍게도 거기에는 별 이유가 없다. 다른 사람이 아닌 바로 그가 악령에 사로잡히고, 누군가를 죽여야 할 하등의 이유는 없었다.

시즌2 마지막 화에서 악령에 사로잡히는 이유가 등장하긴 한다. 쿠퍼 요원이 그 모든 비밀의 근원을 파헤치고 마을에 도사린 악을 끊어버리기 위해 '검은 오두막'에 들어가기로 결심하자 마을에서 오랫동안 살아온 보안관은 말한다. "검은 오두막에 대한 전설이 있어요. 그곳에서 당신은 당신의 검은 그림자와 만나게 될 거예요. 완벽하지 않은 용기로 검은 오두막에 맞선다면 당신의 영혼은 전멸될 겁니다."

자신의 검은 그림자를 받아들이지 못한다면, 그것과 대면할 용기를 지니고 있지 않다면 악에 사로잡힐 거라는 이야기이다. 결국 보안관의 경고는 '그 누구라도' 악령의 희생자가 될 수 있다는 의미가 아닌가? '검은 그림자'를 가지고 있지 않은 인간이 과연 있을까? 대체 누가 그것과 완벽하게 대면할 용기를 가지고 있을까? 그러므로 이 세계를 살아가는 누구든지, 언제나 악에 물들 가능성이 있다.

이 드라마에서 악령인 '밥'은 여기에서 저기로 감염 되듯 끌려들어간다. 숙주를 가리지 않는 악.

물론 이 세상에는 악인이 존재한다. 다른 사람에게 폭력을 쓰고 불법적인 일이나 이해하지 못할 일들을 서슴없이 저지르는 끔찍한 악인. 내가 하려는 말은 그들이 어쩔 수 없이 악인이 되었고, 그러므로 그들을 용서해야 한다는 게 아니다(그런 건 불가능하다). 내가 하고 싶은 말은 선과 (악이 아니라) 선이 아닌 것의 거리가 그리 멀지 않다는 것이다. 악과 (선이 아니라) 악이 아닌 것의 거리가 그리 멀지만은 않다는 것이다.

(방향성이 전혀 다를지도 모르지만) 내가 정말로 하고 싶은 말은 이런 것이다. 우리는 누구나 악령의 침입을 받을 수 있고, 이걸 다른 식으로 표현하자면 (비약이라는 비난을 받을지언정) 누구나 우연적으로 그렇게 될 수도 있다고. 그리고 이 세상 많은 일이 그렇게 우연히 일어난다고. 이를테면 누군가 말도 안 되는 이유로 갑작스러운 죽음을 당했을 때 그건 거기에 있던 사람이 그럴 만해서 그런 게 아니다. 그날, 그 시간, 거기에 있지 않아서 살아남은 사람들은 살아남을 만해서 살아남은 게 아니다. 그건 그저 우연에 불과하다. 나는 이 문장을 자주 인용해왔

는데, 이번에도 반복할 수밖에 없다. 뇌신경학자 올리버 색스의 『깨어남』은 몇십 년 동안 뇌염후 증후군에 시달린 사람들에 대한 이야기를 다루는데 이런 문장이 나온다.

"처음엔 모든 사람들을 증오했고 복수를 꿈꿨어요. 내가 병에 걸린 것이 어떻게든 내 주변에 있는 사람들 탓이라고 생각했어요. 그러다가 체념했죠. 하느님이 내린 벌이라는 걸 깨달은 거예요." 내가 그녀에게 뇌염에 걸릴 만한 잘못을 저질렀다고 생각하는지 그리고 왜 이런 병에 걸렸다고 생각하는지 묻자 그녀는 대답했다. "아뇨, 나에게 뭔가 특별히 잘못한 점이 있다고는 생각하지 않아요. 난 나쁜 사람이 아니에요. 하지만 내가 뽑힌 거죠. 이유는 몰라요. 우리는 하느님의 뜻을 알 수 없으니까요."

자신은 뽑기에 걸렸을 뿐이라는 말. 그 누구도 그런 식으로 뽑히기는 싫을 것이다. 이 세계가 그런 식으로 랜덤하게 굴러간다는 걸 받아들이기는 어렵다. 그러므로 우리는 그 이유를 설명하고 싶을 것이다. 말도 안 되는 장소에서 말도 안 되게 사람들이 죽어가는 걸 보았을 때, 그 사람들이 죽을 이유 같은 건 하등 없고 내가 살아남아야 하는 이유도 하등 없다는 생각에 빠져들 때, 세계의 우연성이 눈앞에 선명하게 떠오를 때 당연히 사람들은 비탄과 혼란을 느낄 것이다. 그건 죽은 사람들에 대한 비탄이기도 하지만, 살아 있는 자신에 대한 비탄이기도 하다.

죽음이 우연이 아니라 살아남은 게 우연이라는 생각에 한동안 사로잡혀 있던 적이 있다. 『우아한 밤과 고양이들』을 출간한 후 나는 어떤 인터뷰에서 이렇게 말했다. "우리가 순전히 뽑기를 잘해서 살아남은 거라면, 우리의 삶은 어떤 의미를 가지고 있는 걸까요?" 그 당시 나는 그걸 알고 싶어서 소설을 쓰는 것 같다고 말했지만, 고백건대 그게 진실된 대답인지는 모르겠다. 물론 많은 이가 이미 말한 바 있다. 그게 바로 누군가 소설을 쓰고 누군가 여전히 소설을 읽는 이유라고. 불가해한 세계에 의미를 부여하는 것. 하지만 그럼에도 여전히 남아 있는 공백이 있다. 아무리 무언가를 읽고 쓰더라도 우리는 신, 혹은 자연의 뜻을 알 수 없다. 〈트윈 픽스〉가 우리에게 보여주는 것은 바로 이 지점이다. 아무리 이름을 붙인다 해도 남아 있는, 뻥 뚫린 구멍의 세계. 예측할 수 없는 일투성이인 세계.

시즌2의 방영이 끝나고 25년 후(시즌2의 마지막, 검은 오두막의 로라는 쿠퍼 요원에게 "25년 후에 만나요"라고 말한다) 세상에 나온 시즌3은 데이비드 린치의 이러한 관점이 훨씬 더 직접적으로 드러난다. 인과관계는 무시되고, 비논리적이고 비약적인 시퀀스들이 등장하는 시즌3 8화를 비롯한 몇몇 에피소드들을 보는 동안 나는 〈인랜드 엠파이어〉를 떠올렸다. 소용돌이, 혼란스러움, 혼돈. 거기서 뿜어 나오는 두려움과 절망감, 슬픔과 세상에 대한 한탄. 그걸 보고 있으면(되도록 큰 화면으로 감상해야 한다), 무언가를 언어로 해석하려는 시도는 어느새 사라져버린다. 물론 즉각적으로 떠오르는 생각들이 있긴 하지만 더 나아갈 필요가 없다(그런 것 같다). 그저 입을 떡 벌리고 재생되는 영상을 바라보기만 하는 것, 전율을 느끼는 것, 그 안에 빨려들어가는 기분이 드는 것, 영상이 끝났을 때 온몸을 파고드는 기진맥진함, 약간의 두려움과 슬픔, 광기, 거기에 스며들어 있는 거부할 수 없는 아름다움. 그렇다. 그건 정말 아름답다. 데이비드 린치는 자신의 인터뷰에서 'beautiful'이라는 단어를 자주 사용한다. 그는 '아이디어'에 대해 이렇게 말한 적이 있다. "아이디어는 물고기와 같습니다. 작은 물고기를 잡고 싶

다면 얕은 물에 머물 수 있습니다. 하지만 큰 물고
기를 잡으려면 더 깊이 들어가야 합니다. 깊은 곳에
서 물고기는 더 강력하고 더 순수합니다. 그것들은
거대하고 추상적입니다. 그리고 정말 아름다워요."
그는 마치 그 강력함과 순수함, 거대함을 화면에서
그대로 재연하려는 것 같다.

하지만 그 커다란 물고기가 아름답다면, 그 아
름다움은 어디에서 비롯되는 걸까? 그걸 또 다른
추상적인 단어로 바꿀 수는 없을까?

돌이켜 생각해보면 트윈 픽스에 사는 (좀 놀라
울 정도로) 많은 사람들은 누군가를 사랑하고 있다.
그들이 온갖 어려움에도 불구하고 사건의 진실을
드러내려 노력하는 건 사랑하는 사람을 지키기 위
해서이다. 그런 식으로 아주 오랫동안 사랑하는 마
음을 간직하고, 미련스러울 정도로 그 마음을 꺾지
않는다. 사랑하는 사람을 위해 서슴없이 어리석은
행동을 하고 이상한 선택을 한다. 때로 그 사랑은
말도 안 되는 결과를 불러일으키기도 한다. 세상에,
그걸 경이롭다고 말할 수 있을까?

아무것도 예측할 수 없는 우연만이 가득한 세
계, 내가 언제 '뽑기'를 당할지 알 수 없는 세계에서 살아가는 건 지독하게 두려운 일이다. 하지만 〈트윈 픽스〉를 보는 동안 그런 생각을 했다. 이 비합리적인 우연성으로 가득 찬 세계의 두려움에 맞서기 위해 필요한 게 뭘까? 우리가 가질 수 있는 가장 유력한 무기는 무엇일까? 사랑이 될 수는 없을까? 아무런 전조도 없이 갑자기 우연적으로 빠져드는 마음, 합리적으로 설명하려고 해도 설명할 수 없는 그 마음, 사랑이 이 불가해한 삶 속 두려움을 이겨내는 동력이 될 수 있지 않을까?

검은 오두막에서 나와 대면하기 위해서는 나 자신을 사랑해야 하고, 우연적인 재난과 죽음을 애도할 수 있으려면 얼굴도 모르는 타인을 사랑해야 한다. 나도 안다. 이런 문장은 모든 상황을 너무 단순하게 보는 것이다. 그렇다고 하더라도, 〈트윈 픽스〉의 사람들이 언제나 그토록 누군가를 사랑하고 있다는 건 엄연한 사실이다. 그들이 그 사랑으로 인해 이 예측 불가능한 세상을, 비합리적인 일투성이인 이 세상을 살아가게 되는 것 역시 엄연한 사실이다. 사랑이, 어떤 일이 일어날지 알 수 없는 내일을 꿈꾸게 만든다.

나는 〈트윈 픽스〉를 보는 동안 이런 메모를 했다. "착한 사람들은 더블알카페(트윈 픽스 마을 속

카페)에 앉아 체리파이를 먹는다." 하지만 이 글을 쓰는 동안 '착한'이라는 말 대신 다른 단어를 넣고 싶어졌다.

"누군가를 사랑하는 사람들은 더블알 카페에 앉아 체리파이를 먹는다."

데이비드 린치는 우리 모두 일종의 탐정이라고 말했다. 우리가 앞으로 나아가기 위해 가장 오랫동안 열심히 탐색해야 하는 것은, 바로 (나 자신을 포함한) 누군가를 사랑하는 마음인지도 모르겠다(그런 점에서 나는 아직 멀었다). 모든 것의 경계가 흐려지는 그 세계 속에서도 거기에, 훼손되지 않은 채로 남아 있을, 그 사랑의 마음. (그리고 린치의 1990년 작 제목은 '광란의 사랑'이다.)

하나의 상처와 하나의 교훈
―성난 사람들BEEF

내가 아주 어렸을 때, 열심히 본 미드가 몇 편 있다. 그때는 '미드'라는 말이 없었는데, 그럼 뭐라고 불렀지? 외화 시리즈? 〈소머즈〉, 〈맥가이버〉 이런 드라마들을 내가 봤다고 말할 순 없을 것 같다. 그때 나는 너무 어렸고, 그러므로 그 드라마들에 대한 기억도 거의 없다. 그것들을 즐겨 본 이는 내가 아니라 아버지였다. 내가 봤다고 말해도 좋을 드라마 중 하나는 〈케빈은 열두 살〉이다(〈케빈은 열세 살〉까지 봤던 건 기억하는데, 〈케빈은 열네 살〉도 있었나?). 어른이 된 케빈이 자신의 열두 살 시절을 회상하는 식으로 전개되었던 것 같은데, 사실 너무 오래전이라 구체적인 내용에 대해선 기억이 흐릿하다. 그렇지만 또렷하게 떠오르는 장면이 있다. 케빈과 친구 폴(이름이 기억이 안 나서 검색을 해봤다)이 고등학생이 여는 파티에 (어거지로) 초대되는 내용이었다. 그들에게 고등학생—십대 후반—은 경외의 대상이다. 신세계, 어른의 세계로 진입하는 첫 번째 관문, 한 번 발을 디디기만 하면 그전에는 겪어본 적 없는 일들을 경험하게 될 그런 세계. 케빈과 폴은 있는 허세 없는 허세를 서로에게 부리지만 정작 파티 날이 되자 파티가 열리는 집의 담벼락(아닌가? 수풀이었나?) 뒤에 숨어 있기만 한다. 그들은 파티에 갈 용기를 상실한 것 같다. 이때 폴이 갑자기 케빈에게 말한다. "케빈, 나 고백할 게 하나 있어. 나 사실은 숫총각이야." 드라마를 다 보고 난 후 나는 어머니에게 질문했다. "엄마, 숫총각이 뭐야?" 지금은 어떤지 모르겠지만, 그때만 해도 부모들은 아이에게 성과 관련한 것들은 대체로 설명해주지 않았다. 성 지식은 학교에서 배운 한 시간짜리 성교육, 그게 전부였다. 그런 상황을 고려해서 돌이켜보면 어머니의 반응은 놀랍도록 침착했다. 어머니는 그런 말을 어디서 들었는지 확인하고는 '숫'은 동물의 성별을 나타내는 단어라고 설명해줬다. "숫놈, 암놈 할 때, 그 '숫' 말이야." 당시 나는 십대 초반에 불과했지만, 스스로를 또래보다 똑똑하다 여기고 있었고, 해소되지 않은 의문을 그냥 넘어갈 수가 없었다.

"총각이 이미 남자를 나타내는데, 거기다가 왜 또 '숫'을 붙여?"

"강조하려고."

"뭘?"

"남자라는 걸."

하지만 그건 이치에 맞지 않았다. 왜 파티에 가기 전에 폴이 자신이 남자라는 걸 강조해야 한단 말인가? 아니, 애초에 남자라는 걸 왜 강조해야 한

단 말인가?

"그럼 암처녀라는 말도 있어?"

내 질문에 어머니는 그런 말은 없다고 대답했고, 왜 그런 말이 없는지는 자신도 잘 모르겠다고 덧붙였다(지금은 어머니의 이 발언에 어떤 진실이 포함되어 있다는 걸 안다. 남성은 지칭되지만 여성은 지칭되지 않는 그런 단어들). 여전히 그 대사가 의미하는 바를 파악할 수 없었지만, 어머니가 너무 진실되어 보여서 다른 꿍꿍이가 있다고는 생각할 수가 없었다. 나는 그 말을 철석같이 믿었고, 그 후로도 숫총각은 남자임을 강조하는 단어라고 믿으며 살아갔다. 7~8년 정도가 흐른 뒤 (바보 취급을 받으며) 그 단어의 진짜 뜻을 알게 되었을 때야 그 장면이 의미하는 바를 깨달았다. 그런 식으로 뒤늦게 도착하는 순간들이 있다. 그리고 그게 얼마나 웃기면서 어이없는 대사인지 비로소 알게 되었다. 착각에 의거한 쓸데없는 걱정, 처량 맞고 한심한 고백이 주는 그런 웃음. 헛웃음.

새로운 세계에 대한 호기심과 어쩌지 못하는 두려움 사이에서 갈팡질팡하던 그 애들은 결국 파티장에 입장을 했던가? 아니면, 그냥 발길을 돌렸던가? 잘 기억이 나지 않는다. 이랬든 저랬든 결과는 같았을 것이다. 파티장에 갔다 한들 거기에서는 여전히 아기 취급을 받았을 테고, 파티장에 들어가지 못했다면 그 애들은 자신들이 여전히 아이(아니면 숫총각?)로 남아 있다는 사실을 실감했을 터이므로. 분명한 건, 그 애들이 결국은 터덜터덜 각자의 집으로 돌아갔으리라는 사실이다. 그 드라마의 거의 모든 에피소드가 그런 식으로 이루어져 있었다. 떨치기 힘든 실망을 하거나 복구할 수 없을 것 같은 실수를 저지르고 좌절하겠지만 결국에는 그들이 속한 곳으로 돌아가는 구성. 그 어떤 일들도 그 애들을 진심으로 상처입히지는 못하는 것이다. 대신 그 경험들을 통해 어떤 것들을 깨닫게 된다. 자기 자신에 대해, 자기 자신이 살고 있는 이 세계에 대해. 그런 걸 교훈이라고 말해도 좋을까? 지금 이 글을 쓰면서 떠올리게 된 사실인데, 그런 미드들이 꽤 있는 것 같다. 교훈을 얻지만, 상처를 받지 않아도 되는 세상에 대한 이야기. 이를테면 〈모던 패밀리〉나 (내가 특별히 애정하는) 〈시트 크릭〉 혹은 〈빅뱅이론〉 같은. 그 어떤 일들도, 그러니까 그 어떤 갈등도, 그 어떤 슬픔이나 좌절도, 그 어떤 손실도 등장인물들을 진심으로 상처입히지는 못할 것이다. 그들은 그 모든 것들을 극복해낸다. 그들은 하나의 상처를 하나의 교훈으로 교환받을 수 있다. 내 생각에 그렇게 할 수 있다는 건 엄청난 특권이자 행운이다.

〈케빈은 열두 살〉의 아이들(혹은 〈모던 패밀리〉나 〈시트 크릭〉의 가족들, 혹은 〈빅뱅이론〉의 친구들)이 하나의 상처를 하나의 교훈으로 교환받을 수 있는 세계 속을 살아가고 있다면, 최근에 본 〈성난 사람들〉은 정반대의 세계를 살아가는 사람들의 이야기라고 할 수 있지 않을까? (그들이 그동안 품고 있던 불안감과 분노의 트리거가 된) 난폭 운전으로 얽힌 두 인물, 에이미와 대니의 사건이 전개되는 방식은 개인적으로 가이 리치의 〈록 스탁 앤드 투 스모킹 배럴즈〉나 사부의 〈포스트맨 블루스〉를 떠오르게 했다. 조금만 더 신경을 기울이거나 조심을 했다면, 혹은 순간의 판단을 약간만 달리했다면 일어나지도 않았을 일들이 줄줄이 벌어진다. 도대체 왜 이렇게까지 일이 꼬여야 해? 라는 탄식을 부르는 전개. 이 글이 옆으로 샐 것을 각오하고 말하자면, 이십대의 나는 사부의 〈포스트맨 블루스〉를 정말 좋아해서 여러 번 반복해 보았다. 볼 때마다 똑같은 장면에서 가슴이 내려앉고 똑같은 장면에서 숨이 멎을 만큼 놀랐으며 똑같은 장면에서 눈물을 지었다. 이 영

화 속 인물들이 맞는 최후는 그들의 개인적 자질과
는 관련이 없다. 이 영화의 중반쯤 등장인물 중 한
명이 죽었을 때 나는 충격을 받았다. 아무런 예고나
전조도 없이 긴장감이나 긴박감도 없고, 숭고함이
나 고상함을 찾아볼 수도 없는 죽음(그렇다고 비루
하거나 비천하지도 않다) 때문이었다. 나는 그 이전
에도, 그리고 그 이후에도 그런 식으로 무심하게(그
래, 무심하다) 죽음을 그리는 작품은 만나지 못했다.
(나 역시 그런 식으로 누군가의 죽음을 다룰 자신이 없
다.)

완전히 들어맞지는 않지만, 비슷한 감정을 불
러일으킨 작품이 또 있다. 원제는 '체포당한 건설업
자Arrested Development'이고, 한국 제목은 '못 말
리는 패밀리'인 이 드라마는 미국에서 2003년에 시
작하여 시즌3까지 방영되었고 에미상과 골든글로
브상을 수상했지만 시청률 문제로 제작이 중단되
었다(지금 이 글을 쓰려고 찾아보다가 2013년에 시즌
4, 2018년에 시즌5가 제작되었다는 사실을 뒤늦게 알았
다). 제목 그대로 이 드라마에는 불법적인 일로 체
포당한 개발업자인, 블루스사의 창업자 조지 블루
스 시니어와 (골때리는) 가족이 등장한다. 감옥에
있는 조지는 (당연히) 잘못을 뉘우치지도 않고, 감

옥 밖의 자식들을 조종할 생각만 한다. 회사는 부도 위기에 놓이고, 그동안 저지른 잘못들을 수습해야 하는 상황인데도 조지의 가족은 그런 것에는 관심이 없다. 그들은 부정적인 방법을 써서 사치스러운 삶을 유지시킬 궁리만 한다. 매일 엉뚱한 사건을 일으킨다. 그나마 이들 중 제정신을 지키고 있는 건 조지의 둘째 아들 마이클(〈오자크〉의 제이슨 베이트먼이 연기한다)뿐이다. 이 드라마도 본 지 오래되어서 기억이 흐릿한데 그래도 〈케빈은 열두 살〉보다는 (당연히) 기억하고 있는 것들이 많다. 그중 하나는 마이클의 이란성쌍둥이 린지의 남편, 터바이어스에 대한 것이다. 그는 의사이지만, 자신이 진짜 원하는 건 배우가 되는 것이라며 의사를 그만두고 배우가 되기 위한 (이 역시 골때리는) 여정을 시작한다. 터바이어스의 꿈은 'Blue Man Group'의 일원이 되는 것이다. 'Blue Man Group'의 배우들은 온몸을 파랗게 칠한 채 눈알을 대굴대굴 굴리며 검정색 무대 위를 걸어 다닌다. 나는 이게 이 드라마에서 만든 가상의 쇼인 줄로만 알았는데, 나중에 미국 여행을 갔을 때 Blue Man Group 지하철 광고를 보고 깜짝 놀랐던 기억이 있다. 그 쇼가 실재한다는 사실도 놀라웠지만, 그 드라마를 본 지 좀 되었는데

도 순식간에 터바이어스가 떠올랐기 때문이다. 그가 그토록 내게 강렬한 인상을 남겼던가?

이 드라마에 관한 다른 기억은 마이클의 막냇동생에 대한 것이다. 마이클의 동생 바이런은 과잉보호를 받고 자라났다. 마마보이, 결정장애자, 남의 말에 잘 휘둘리고 항상 호들갑을 떠는 사람(이 역할은 〈부통령이 필요해〉의 게리, 토니 헤일이 맡았는데, 아, 정말 이런 연기는 그를 따라갈 자가 없는 것 같다). 몇 시즌인지 정확히는 기억나지 않지만, 바이런은 (알코올중독자) 어머니와 요트를 타다가 바다표범의 습격을 받아 손이 잘린다. 정말이다. 손이 잘린다. 그걸 보면서 내가 했던 생각은 '손을 찾아서 봉합한다든지, 해결을 하겠지? 그래도 드라마 주인공인데 손을 잃을 리가 없잖아?'였다. 그런데 아니었다. 바이런은 손을 잃었다. 그는 보란 듯이 손이 있어야 할 자리에 (후크 선장처럼) 갈고리를 끼우고 등장한다. 그리고 항상 갈고리 손을 허공에 흔들어대며 호들갑을 떤다.

가끔 이 장면들을 떠올렸다. 그리고 내가 왜 그렇게까지 충격적으로 받아들였는지 궁금해하고는 했다. 나는 영화나 드라마에 나오는 인물들의 손실은 어떤 의미를 지녀야 한다고 생각했었다. 비중

있는 인물이 죽거나 신체적 손실을 겪는다면, 거기
엔 어떤 심오한 의미나 그럴 만한 가치가 있어야 하
리라는 믿음(어디서 촉발되었는지는 모르겠다) 같은
것 말이다. 하지만 〈포스트맨 블루스〉의 (갑작스러
운 인물의) 죽음이나 〈못 말리는 패밀리〉의 갈고리
손(바이런이 갑자기 그런 식으로 손을 잃은 것)은 그
런 내 생각의 바로 반대편, 한 번도 내가 탐색해보
지 못한 지점이 존재한다는 사실을 알려주었다. 등
장인물의 죽음은 그냥 죽음일 뿐이고, 손을 잃은 건
그저 손을 잃은 것일 뿐이다. 이를테면 〈성난 사람
들〉에서 대니의 동생인 폴은 에이미에게 말한다.
"비디오 게임에서는 다른 사람이 죽으면 게임이 계
속되는데 내가 죽으면 게임이 종료되잖아요. 인생
은 그런 것 같아요." 맞다, 죽음은 그저 죽음이다.
거기에는 그 어떤 교훈이나 깨달음도 없다. 고통은
고통이고, 상처는 상처이고, 좌절은 좌절이다. 그
모든 일이 어떤 것을 돌려주려고(혹은 돌려받으려
고) 존재하는 게 아니다. 그건 그저 거기에 존재할
뿐이다.

  인생은 게임 같아요, 라고 말한 후 폴은 계속
해서 에이미에게 말한다. "(대니는) 주기적으로 한

시간 반이나 운전해서 자기가 제일 맛있다고 생각하는 버거킹에 가요. 혼자서 오리지널치킨샌드위치 네 개를 먹어치우려고요." 폴은 이렇게도 말한다. "형은 모두를 위해서 열심히 일해요. 자기 자신만 빼고요. 불행한 게 눈에 보여요." 자신의 행복을 저당잡힌 채 다른 사람의 행복을 위해 열심히 살아간다 한들 대니에게 돌아오는 건 그런 식의 비난인 셈이다. 왜 너는 너의 행복을 찾지 않아? 왜 그렇게 불행하게 살아? 대체 왜 그러는 거야? 그래서 대니는 버거킹에 가는 것이다. 치킨샌드위치 네 개는 대니가 자신에게 베풀 수 있는 최대치의 행복이겠지만, 그걸 먹을 때 대니는 전혀 행복해 보이지 않는다. 씹지도 않고 목구멍으로 성급하게, 숨이 막힐 듯이 음식을 욱여넣는다. 자신의 (그 사소한) 행복도 올바르게 완성시키지 못한다. 폴의 이야기를 다 들은 에이미는 대니를 비난한다. "망가진 사람이 자신의 망가짐을 주위에 퍼트리는 건 이기적인 거예요." 하지만 에이미가 이 드라마가 진행되는 동안 계속 모른 척한 건, 그리고 종래에 결국 인정하게 되는 건, 바로 이 말이 자신을 향한 것이기도 하다는 사실이다. 나중에 에이미는 남편인 조지에게 털어놓듯 말한다. "나는 나쁜 사람이야." 그런 식으로 에이미는 자신의 삶이 자신의 '망가짐'-나쁨을 들키지 않기 위한 고군분투, 그리고 그걸 퍼트리지 않기 위한 안간힘으로 이루어져 있었다는 걸 깨닫는다. 마지막 에피소드에서, 누구나 자기를 바라봐주기를 바라지 않느냐는 대니의 말에 에이미는 이렇게 대답한다. "난 내 본모습을 아무도 보지 못했으면 좋겠어."

이게 바로 대니와 에이미가 난폭 운전을 하고, 서로에게 손가락 욕을 하고, 심지어는 총을 쏘는 이유라고 말할 수 있지 않을까? 대니는 (자신이 사랑하는) 다른 사람들의 행복을 위해 너무 많은 에너지를 쏟는다. 에이미는 (자신이 사랑하는 사람들에게) 자신을 숨기기 위해 너무 많은 에너지를 쏟는다. 대니와 에이미에게 다른 에너지는 남아 있지 않다. 타인을 흔쾌히 용서하고, 미소를 지어줄 그럴 힘이 없다. 자신을 용서하고, 미소를 지어줄 힘이 남아 있지 않다.

그들은 바닥났다.

드라마에는 에이미와 대니가 순간순간 떠올리는 장면이 있다. 떠올린다는 말로는 잘 설명이 안 되고, 어떤 이미지가 그들에게 도달한다. 그건 말 그대로 '바닥'의 형상이다. 어둡고, 습기가 차 있는 듯한, 그 모양을 정확하게 알 수 없는 것. 불길하게 여겨야

하는 것인지 그 반대인지도 판단할 수 없는 것.

　　(에이미가 마음의 안정을 찾았다는 소식을 들은) 대니가 그를 찾아가서 "나도 너처럼 될 수 있는지 궁금해"라고 말을 건다 한들, 에이미가 자신의 잘못을 솔직하게 털어놓고 일을 바로잡으려 한들 그것이 그들의 마음속 바닥, 분노를 사라지게 만들지는 않는다. 어떤 실마리를 찾았구나, 철석같이 믿었지만 이내 다시 엉켜버리는 실뭉치처럼 그들을 둘러싼 상황은 (예기치 않게) 최악의 최악의 최악으로 치닫는다. 모든 것이 비현실적으로 느껴지기까지 한 9화(정말 너무 충격적이었다!)를 지나 마지막 에피소드를 보는 동안 궁금증이 일었다. 왜 이렇게까지 일이 진행되어야 하는 거지? 왜 이렇게까지 일이 꼬여야 해? 왜 이들이 이런 식으로 처절해야 해?

　　마지막 에피소드를 끝까지 보고 나서는 그런 생각이 들었다. 자신의 고통이나 상처의 근원을 알게 된다 하더라도, 그것을 분명하게 인지하게 되더라도 그 자체로는 아무것도 해결할 수 없는 게 아닐까라는. 앞에서 〈성난 사람들〉은 〈케빈은 열두 살〉(혹은 〈모던 패밀리〉나 〈시트 크릭〉, 〈빅뱅이론〉)과 정반대에 자리하는 드라마라고, 상처와 교훈이 교환되지 않는 세계에 대한 이야기라고 썼지만, 사실 이

건 잘못된 진술이다. 〈성난 사람들〉에서도 그들의 상처는 교훈으로 교환된다. 교환된다? 아니다. 그건 그들이 얻어낸 전리품에 가깝다. 처절하게 얻어낸 전리품. 그들의 세상에서 그러한 교환은 절대로 손쉽게 이루어지지 않았다. 그들의 여정은 고통스럽고, 험난하고, 때로는 목숨을 담보해야 할 정도로 참혹하다. 그들은 그런 과정을 통해서만 진짜로 자신을 용서하고 다른 사람을 용서할 수 있게 된다.

어쩌면 〈성난 사람들〉은 상처와 교훈이 손쉽게 교환되는 세상에 대한 이야기와 상처와 교훈이 전혀 교환되지 않는 세상에 대한 이야기 바로 그 사이에 자리하고 있는지도 모르겠다.

이 드라마의 마지막 에피소드에서 에이미와 대니는 끝이 보이지 않는 황무지에 떨구어진다. 자연은 자비롭지 않지만, 그렇다고 무자비하지도 않다. 자연은 무심하다. 자연 속에서 생물의 죽음은 죽음이고, 손실은 손실일 뿐이다. 인간은 그 자연의 무심함 속에서 의미들을 건져 올릴 수 있다. 손실과 교훈을 교환받을 수 있다. 아니, 때로는 그게 필요하다. 절실하게 필요하다. 그렇게 해야만 한다. 우리 내부에서 일어나는 투쟁들. 어떤 경우에는 그게 우리를 계속 살아가게 만든다. 누군가의 죽음이나 손실에서 의미를 찾아내는 것, 나의 상실이나 고통에서 어떤 가치를 찾아내려고 애쓰는 것. 그런 교환이 손쉽게 이루어진다면, 그 세상을 살아가는 사람들은 손쉽게 행복해질 수 있으리라. 바로 그것이 우리가 바라는 세상의 모습인지도 모른다(그래서 우리는 〈케빈은 열두 살〉이나 〈시트 크릭〉, 〈모던 패밀리〉 등등을 보는 건지도). 하지만 현실에서는 (대부분의 일들이 그렇듯이) 그런 식으로 쉽게 이루어지는 일이 별로 없다. 그럼에도 투쟁을 가능하게 만드는 건, 사람들이 그런 투쟁을 쉽게 멈추지 않는 건 사랑하는 마음이 있기에 가능한 게 아닐까? 우리는 사랑하는 사람의 죽음이나 손실을 가치 있는 것으로 만들고 싶어 하고, 서슴없이 그렇게 할 것이다. 사랑하는 사람을 위해 자신의 고통이나 상처를 극복하려고 노력할 것이다. 에이미와 대니가 그랬던 것처럼. 투쟁의 과정에서 우리는 결국은 진짜로 자신을 사랑할 수 있게 되고 주위의 사람을 사랑할 수 있게 된다고 말해도 좋을 것이다. 나는 이게 정말 대단한 일이라고 생각한다. 정말 근사한 일이라고 생각한다. 그렇지만 나를 정말로 놀라게 하는 건, 엄청난 고통이 따른다 할지라도 타인(얼굴도 잘 모르고, 이야기를 나눠본 적도 없는)을 위해 자신을 던지는 투쟁을 마다하지 않는 사람들이 있다는 사실이다.

　이런 식의 결론이 아주 나이브하고 어느 정도는 뜬금없다는 걸 알고 있지만, 어쨌든 지금 나는 이런 문장을 쓰고 싶은 마음에서 완전히 졌다(지고 싶다). 우리가 사랑하는 사람의 범위를 조금 더 넓힌다면, 내가 모르는 이웃, 한 번도 마주친 적이 없는 사람, 그들의 죽음, 그들의 손실에 의미를 부여하기 위한 우리 내부의 투쟁을 조금만 지속한다면, 어떤 사람들이 죽지 않고 계속 살아가게 만드는 힘이 될 수 있지 않을까? 아주 미약하고 희미한 것에 불과하지만 분명히 존재하는 불빛처럼, 바로 그러한 것으로 존재할 수 있지 않을까?

남자들

내가 미드를 열심히 보던 시절, 데이트하던 남자가
있었다. 이십대 초반에 그를 짝사랑했고(나는 시도
때도 없이 사랑에 빠지는 그런 애였다. 내가 짝사랑한
사람을 모으면 한 트럭 정도 될 것 같다. 정말이다), 이
십대 중반에 우연히 그를 다시 만났다. 우연히, 는
아니고 그가 내게 연락을 했다. 종로에서 만난 기억
이 난다. 지금은 없어진 (내가 좋아하던) 카페에서
커피를 마셨던 기억도 난다. 그 후로 우리가 사귀었
던가? 글쎄, 뭐라고 이야기해야 할지 잘 모르겠다.
얼마간 그런 시간들—같이 밥을 먹고 영화를 보고
차를 마시는—이 지나갔고 고백을 기다리던 차에
갑자기 연락이 두절되었다. 그런 경험은 처음이었
는데, 마구 분노가 치밀어 올랐다가 시간이 조금 흐
른 후에는 상실감에 사로잡혔다. 그를 그렇게까지
좋아한 것도 아니었는데 그 상실감이 좀 대단했다.
그리고 반년 후쯤(정확하진 않지만) 그가 다시 연락
을 해왔다. 그는 왜 그런 식으로 연락을 끊을 수밖
에 없었는지 설명을 해줬고 나는 납득했던 것 같다.
그리고 다시 그런 시간들—같이 밥을 먹고 영화를
보고 차를 마시는—이 지나갔다. 한번은 그가 내게
갑작스러운 질문을 한 적이 있다. 왜 그런 주제가
나왔는지 모르겠는데, 〈로스트〉에서 제일 좋아하

는 남자가 누구냐고 물어봤던 것이다. "인간적인 그런 거 말고, 순전히 이성적으로 말이야." 지금 생각해보면 진짜 얼빠진 질문인데, 그 당시 나는 굉장히 진지하게 고민을 했다.

〈로스트〉의 주인공은 아무래도 잭이지만, 나는 그를 별로 좋아하지 않았다. 잭은 책임감이 너무 강하다. 그의 그 유명한 대사 "I can fix it"만 들으면 짜증이 났다. 자기가 뭐 신이야? 자기가 뭘 어떻게 할 건데? 〈로스트〉의 서브 남주라고 말할 수 있는 인물은 소이어일 텐데, 그는 드라마에서 항상 (은 아니지만) 웃옷을 벗고 나왔다. 금발 머리의 근육질 남자, 이런 건 정말로 내 취향이 아니다. 그러면 누구? 사이드? 그는 과묵하고 말보다는 행동으로 보여주는 사람이었다. 어두운 과거의 상처가 있고 후회 속을 살아간다. 그래서 내가 누굴 제일 좋아했지? 나는 데이트하던 남자에게 사이드를 제일 좋아한다고 말했다. 너무나 큰 중압감에 시달리는 남자나 '상탈'을 즐겨 하는 남자보다는 과묵한 남자가 낫다고 생각했다. 그 말을 들은 그가 어떤 반응을 보였지? 그런 건 기억이 나지 않는다. 얼마 지나지 않아 그와는 또다시 연락이 두절되었다. 두 번째는 별로 충격적이지 않았다. 그리고 또다시 연락을 해왔을 때에는 그가 불쌍하다고 생각했다. 불쌍해 보이는 남자는 내가 싫어하는 최악의 부류이다.

어쨌거나 〈로스트〉 종영 후 내가 〈로스트〉에서 가장 좋아한 남자는 소이어로 판명되었다. 나중에 그가 보여준 순애보 때문이다. 그는 처음에는 〈로스트〉의 여자 주인공인 케이트에게 관심이 있었지만, 나중에는 줄리엣을 좋아하게 되고 행복한 시간을 보낸다. 약간 변태 같긴 한데, 나는 여주를 좋아하던 남자가 다른 여성과 '진정한' 사랑에 빠지는 부류의 이야기를 선호한다(여주가 낙동강 오리알이 되면 금상첨화). 수소폭탄이 터져서 줄리엣이 낭떠러지에 매달려 있을 때, 소이어는 끝까지 줄리엣의 손을 놓지 않는다. 그는 이렇게 소리친다.

"I got you!"

내가 당신을 잡았어! 나는 이 대사를 너무 좋아했다. 가끔은 이 말을 읊조렸다. 내가 당신을 잡았어. 이 말은 내가 생각하는 로맨틱의 최대치였다.

최근에 내가 제일 좋아한 드라마 남주는 〈석세션〉의 둘째 아들 '켄들 로이'이다. 〈석세션〉은 근래 내가 시작한 새로운 시리즈 중 단연 최고인데, 지금은 한국에서 볼 수가 없다. 마지막 시즌을 남겨놓고

〈석세션〉을 방영하던 웨이브와 HBO의 계약이 종료됐기 때문이다(이런 계약 종료는 미리 이메일 같은 걸 보내서 대대적으로 알려줘야 하는 거 아닌가 싶다. 〈언두잉〉도 보고 있었는데 갑자기 사라져서 결말을 모른다).

〈석세션〉은 제목 그대로, 미국의 미디어 재벌가의 승계 과정 중 일어나는 가족 간의 암투를 다룬 드라마이다. 자식들은 각자 아버지의 후계자가 되고 싶어 안달이 나 있지만, "괴물 같은" 아버지 로건 로이는 자식들을 이리저리 조종하며 누구에게도 자신의 자리를 물려줄 생각이 없는 것처럼 보인다. 이 싸움 속에서 로이 일가의 사람들은 아무렇지도 않게 거짓말을 하고, 자신의 잘못을 은폐하고, 다른 사람들을 나 몰라라 한다. 자신들을 지키기 위한 다른 이들의 희생은 필수불가결이다. 극도의 이기주의와 극도의 잔인함. 당연히 이 드라마는 '미국'이라는 국가의 허상을 낱낱이 보여준다. 자본주의의 첨병인 나라 미국에서, 자본주의의 꽃인 미디어 기업(의 이면을, 아니, 이면도 아니다. 대놓고)이 얼마나 천박하고 잔인하고 탐욕스럽게 부를 증식하고 (언론을 비롯한 자신들의 힘을 이용해) 많은 것들을 좌지우지하는지 보여준다. 이런 주제 의식을 관통하

는 드라마는 더 있다. 이를테면 〈소프라노스〉, 〈브
레이킹 배드〉 그리고 〈오자크〉(이외에도 더 있을 것
이다). 당연히 이 작품들은 지금의 세계 속에서 인
간이 어디까지 타락할 수 있는지를 보여준다. 특이
한 공통점은 이 주인공들이 자신이 속한 내부-가족
의 붕괴를 절대로 허락하지 않는다는 것이다. 그들
은 내부의 결속이 유지되는 것에 어마어마하게 집
착한다. 〈석세션〉은 가족 간의 암투를 다루고 있다
는 점에서 약간 차이가 있긴 하지만 이들이 집착하
는 내부는 가족의 기업인 웨이스타 로이코라고 말
할 수도 있을 것이다(그리고 시즌3 2화에서 로건 로이
는 '가족들이 무너지는 것'에 대해 분노한다).

　　이 드라마들이 제작된 순서를 생각해보면 조
금 흥미롭다. 〈스프라노스〉는 1999년부터 2007년
까지, 〈브레이킹 배드〉는 2008년에서 2012년까지,
〈오자크〉는 2017년에서 2022년까지 방영되었다.
〈소프라노스〉는 마피아라는 범죄 집단에 대한 이
야기이다. '소프라노스' 집안에서 태어난 주인공 토
니 소프라노스가 마피아가 되는 것은 거의 정해진
수순이었고, 살인을 저지르거나 마약을 판매하거
나 여러 불법적인 일을 저지르는 것은 그의 삶 자체
이다(이 드라마의 제목이 '소프라노스'인 이유일 것이

다). 이 드라마 속의 인물들은 거의 다 이런 식이다. 그들은 그게 악행인지 아닌지에 대한 고민이 없다. 물론 〈소프라노스〉는 이런 삶 속에서 어쩔 수 없이 새어 나오는 불안감과 죄책감에 대한 이야기이기도 하다. 그리고 그 불안감과 죄책감을 무시하기 위해 저지르는 더 큰 죄들. 또다시 생기는 구멍…. 하지만 〈브레이킹 배드〉는 다르다. 월터는 '선량한' '보통' 사람이고 '어쩔 수 없는' 이유로 범죄에 빠져든다. 그가 아프기 전까지 마약 제조는 자신의 삶과 아무런 관련이 없는, 그저 TV로 접하는 뉴스 그 이상 그 이하도 아니었다. 〈오자크〉는 또 다르다. 처음에 마티가 마피아의 돈세탁을 하기로 결정했을 때, 그에게는 월터만큼의 절박한 이유가 없었다. 이유라면, 아마도 '풍족한 삶'이었을 것이다. 〈브레이킹 배드〉와 이 드라마의 결정적 차이는 또 있다. 〈브레이킹 배드〉의 월터는 자신이 저지른 일 때문에 가족으로부터 떨어져 나간다. 하지만 〈오자크〉의 가족은 모두 불법적인 일에 관여하고 그 일에 익숙해진다. 가족 간의 분열이 있긴 하지만 그건 악행 때문이 아니다. 그리고 드라마의 마지막, 마티 가족은 일단 그 모든 난관을 피해 간 것처럼 보인다.

이 세 드라마들의 흐름은 이런 식으로 읽을 수

도 있지 않을까? 범죄 집단의 악행은 평범한 사람에게로 옮겨 간다. 그에게는 절박한 이유가 있지만, (마지막까지 내 편으로 남아 있으리라고 믿었던) 사람들에게 지탄을 받으며 후회 속에서 쓸쓸하게 죽어 간다. 그다음 단계에서는 절박한 이유가 아니더라도 사람들은 좀 더 쉽게 악행을 저지를 수 있다. 그 이익을 위해 가족들은 결국 똘똘 뭉칠 것이며, 함께 하는 미래를 꿈꿀 수 있다. 그렇다면 〈석세션〉은? 〈오자크〉나 〈브레이킹 배드〉의 사람들은 자신들이 저지른 악행을 숨기기 위해 이리 뛰고 저리 뛰어야 하지만 〈석세션〉의 사람들은 그럴 필요가 없다. 심지어 그들은 자신들에게는 잘못이 없다고 생각한다. 그들에게는 이미 권력(로건 로이는 대통령과 연줄이 닿아 있다)과 돈이 있기 때문에 뒤처리도, 희생도, 벌도 누군가 대신 받아줄 것이다(이게 바로 〈오자크〉의 웬디가 그토록 도달하고 싶었던 바로 그 자리인지도 모르겠다).

　이런 드라마들을 보고 있으면 궁금증이 든다. 우리는 이 등장인물들을 사랑해야 하는 거야? 아니면 혐오해야 하는 거야?

　나는 〈석세션〉의 켄들 로이를 (굳이 말하자면)

사랑했다. 회사를 물려주기로 한 아버지는 갑자기 마음을 바꾸고 그를 비난하며 몰아붙인다. 그 후 아버지를 같이 몰아버리기로 한 동생(하, 키런 컬킨의 그 찰떡같은 연기!)에게 배신당하고, 계속 그의 행보는 꼬이기만 한다. 그리고 이어지는 최악의 실수.

그는 재킷의 깃을 올리고 두 손은 주머니에 넣은 채 어깨를 움츠리며 걷는다. 눈동자는 이미 패배에 젖어 있다. 아버지를 이겨보겠다고 큰소리 땅땅치지만 결국 그에게 남는 것은 눈 밑, 거대한 다크서클뿐이다. 그래도 나는 그를 사랑했다(어째서 이런 남자를 사랑하는 거지?). 적어도 시즌2까지는 그랬다. 그를 응원하고 그가 아버지를 이겨먹기를, 동생들의 협공에 물러서지 않기를 바랐다. 그가 조금이라도 더 좋은 선택을 하기를, 조금이라도 더 똑똑한 선택을 하기를 바랐다. 하지만 시즌3에 가면 그에게 남아 있는 것은 오로지 허세뿐인 것 같다. 혹은 약간의 망상. 사람들은 켄들 로이에게서 멀어진다. 심지어 그가 고용한 컨설턴트나 변호사들도 그를 한심하게 생각한다. 그 드라마를 보고 있는 나역시, 그에 대한 일말의 동정심이 바닥나는 것 같았다. 성대한 생일 파티, 그 많은 사람들 속에 켄들 로이를 진짜로 사랑하는 사람은 단 한 명도 없다. 켄들 로이는 그 사실을 알고 있다. 그래도 그는 이 악물고 모른 척하며 말한다. "지금 전 행복해서 좋아요." 마치 자신에게 최면을 거는 것처럼. 물론 그러한 최면은 실패한다. 그는 결국 자신의 처지와 잘못과 대면해야 한다. 그럴 수 있을까? 그런 선택을 할 수 있을까? 마지막 시즌이 어떤 식으로 진행되고 어떤 식으로 끝맺음을 했는지 알 수 없지만, 내 생각에 그건 불가능할 것 같다. 왜냐하면 그게 바로 지금 우리가 사는 세상의 모습이기 때문이다. 켄들 로이뿐 아니라 이 세상을 살아가는 사람들은 어느 정도 허영심을 뿌리치지 못하고, 행복하다는 최면을 걸고, 자신의 잘못과 대면하고 싶어 하지 않는다. 돈보다 더 중요한 것이 있다고 생각하더라도 결국 돈 앞에서는 모든 것이 무용지물이 되는 세상, 나의 이익을 위해 다른 사람의 희생을 모른 척하는 게 자연스러워진 세상, 나의 즐거움을 위해 누군가를 아무렇지 않게 비난하는 그런 세상. 〈석세션〉(그리고 〈소프라노스〉, 〈브레이킹 배드〉, 〈오자크〉 혹은 기타 등등)은 이런 식으로 우리가 사는 세상의 모습을 끊임없이 상기시킨다. 때로는 드라마를 보고 있는 우리 자신의 치부를 드러낼 것이다. 그리고 이런 세상 속을 제대로 살아가는 것이 얼마나 어려운 일인지에 대해서도 생각하게 할 것이다. 그러므로 당연히 우리는 이 드라마들 속 인물들을 무작정 사랑할 수도 없고, 무작정 혐오할 수도 없다. 그것은 자본의 노예가 되는 게 얼마나 추악한 일인지 알면서도 여전히 그것을 바라는 마음, 누군가를 시기 질투(혹은 증오)하는 마음이 얼마나 쓸모없는지 알면서도 그것을 멈추지 못하는 마음, 타인에게 보여지는 모습이 금방 쓰러지고 말 모래성 같은 걸 알면서도 그것을 추구하는 마음, 이 세계의 방향성이 잘못되었다고 느끼는 마음과 그 방향에서 절대로 탈락되고 싶지 않은 마음, 아니 그곳의 선두에 서고 싶은 욕망 사이에 낀 우리 자신을 너무나도 투명하게 보여주고 있기 때문이리라.

여자들

(찾아보니) 2016년도의 일이다. 그해 가을에서 겨울로 넘어가던 계절에 혼자 영화를 한 편 보았다. 요아킴 트리에르 감독의 〈라우더 덴 밤즈〉였다. (이것도 찾아보니) 개봉 날짜는 10월 27일이었는데, 영화를 본 그날 무척 추웠다. 극장을 나와서 오돌오돌 떨었던 기억이 난다. 사실 그전에는 요아킴 트리에르 감독의 영화를 본 적이 없었다. 본 적이 없다는 말로는 부족하고, 태어나서 처음 들어보는 이름의 감독이었다. 영화가 끝나고 엔딩크레디트가 올라갈 때 눈물이, 너무 많은 눈물이 났다.

도대체 왜?

한동안은 그 영화에 대한 생각에서 빠져나올 수가 없었다. 그리고 내가 울음을 터트린 이유도 알 수 없었다.

〈라우더 덴 밤즈〉는 죽은 사람이 남긴 것에 대한 이야기이다. 아니다, 죽은 사람이 남긴 것이 아니라 살아 있는 사람들이 죽은 사람으로부터 물려받은 것에 대한 이야기이다. 그것들은 살아 있는 사람의 삶 속에 지속적으로 영향을 끼치는 식이 아니라 불쑥불쑥 침입하는 식으로 존재한다. 남아 있는 사람들은 그 의미도 모른 채 그것을 받아들여야만 한다. 이 영화를 떠올릴 때마다 내 머릿속에서 재생

되는 장면들이 있다. 그중 하나는 배우 에이미 라이언과 관련된 것이다. 영화에서 그는 아주 커다란 귀걸이를 하고 있다. 그의 눈동자에는 언제나 약간의 슬픔이 배어 있다. 주위를 전염시키는 슬픔이 아니다. 그보다는 주위의 슬픔을 빨아들이려는 것에 가깝다. 그리고 미소. 활짝 웃을 때 그의 얼굴에는 슬픔과 장난스러움이 동시에 떠오른다. 마구 접히는 눈, 여러 겹의 주름, 한껏 올라가는 볼, 무언가를 다 이해한다는 듯한 태도. 당신을 모두 이해해서 슬픈 거야, 나는. 동시에 이렇게 말하는 것도 같다. 당신을 모두 이해해서 이렇게 웃을 수 있는 거야, 나는. 그리고 그의 목소리. 조곤조곤 읊조리는 듯한 말투. 〈더 와이어〉에서 항만 경찰인 비디를 연기한 에이미 라이언은 남자 주인공 맥널티와 로맨틱한 관계로 나온다. 비디는 수사를 위해 미친 짓을 일삼는 맥널티에게 그런 식으로 일을 하다가는 가족과 친구들 모두를 잃어버릴 거라고 경고한다. 그 장면에서 비디는 한 번도 큰 소리를 내지 않는다. 화를 내거나 흥분하거나 애걸하지도 않는다. 비디는 그저 말을 할 뿐이다. 조용하지만 분명하게. 그리고 그걸 보는 우리들은 비디가 어떤 마음인지 다 알 수 있을 것 같다.

내가 에이미 라이언을 처음 본 건, 〈더 오피스〉를 통해서였다(〈더 와이어〉의 제작 연도가 더 빠르지만, 나는 〈더 오피스〉를 먼저 봤다). 에이미 라이언은 〈더 오피스〉에서 사랑받고 싶어서 안달이 났지만 이성의 제대로 된 사랑을 받아본 적 없는 '마 점장'의 천생연분, '홀리'를 연기한다. 그는 이 드라마 속에서(아니, 이 드라마 바깥세상까지 포함해서) 마 점장을 100프로 이해하는 단 한 명의 사람이기도 하다. 홀리는 마 점장만큼 엉뚱하고, 때때로 괴상한 유머 감각을 뽐낸다. 그렇다 하더라도 마 점장만큼 밉살스럽게 보이는 경우는 좀처럼 없다. 괴상해 보이지만, 밉살스럽진 않다. 그는 살짝 다른 사람의 눈치를 보지만, 주눅 들어서 그런 게 아니다. 그렇게 해야 하는 순간이 있다는 걸 아는 것이다. 나는 그런 사람이 좋다. 음. 그런 궁금증이 든다. 라이언이 마 점장의 전 여친 (역시 '괴팍'하기 이를 데 없는) '젠'을 연기했다면 어땠을까? 아마 그랬다면 젠은 좀 더 동정을 받았을지도 모른다.

〈더 오피스〉 이야기가 나온 김에 좀 더 해보자. 내가 이 드라마에서 좋아하는 (사실 안 좋아하는 캐릭터는 없지만) 캐릭터 중 한 명은 팸의 후임으로 들어오는 '에린'이다. 애정결핍이 있는 에린은 다른 사람들과 가깝게 지내고 싶어 하지만 언제나 약간 핀트가 벗어나 있다. 이상한 말을 던지고 돌아오는 반응에 당황하곤 한다. 하지만 다음에도 그는 약간 분위기에 안 맞는 말을 또 할 것이다. 따지고 보면 그는 그 사무실에서 가장 사내 연애를 많이 한 사람이기도 하다. 늘 웃으려고 노력하고 실제로도 엉뚱한 표정으로 해맑게 웃고 있지만, 가끔은 슬픈 표정을 짓는다. 하지만 그 어떤 슬픔도 그를 굴복시키지 못한다(에린을 연기한 엘리 켐퍼는 나중에 〈언브레이커블 키미 슈미트〉에서 말 그대로 자신의 과거에 절대 굴하지 않는 키미 슈미트 역할을 맡게 되는데, 명백하게 이 캐릭터는 에린의 연장선에 있다). 〈더 오피스〉에는 에린만큼 엉뚱하고 괴상한 캐릭터가 여럿 있다. 그 중 한 명은 '켈리', 〈더 오피스〉 대본에도 참여한 인도계 미국인 민디 케일링이 연기한 캐릭터다. 그는 약간 높은 목소리 톤으로 사무실의 온갖 루머를 퍼트리고 다닌다. 명품이나 쇼핑, 사진 찍는 것에 미쳐 있고, 남자를 사귀고 싶어서 안달을 낸다. 다른 사람의 옷차림이나 행동에 대해 지적하는 걸 멈추지 않지만, 누군가 자신에게 조금이라도 나쁜 말을 하면 인종차별이라고 공격하며 찍소리도 못 하게 만든다. 그리고 (역시 이 드라마의 작가이기도 한) 비

제이 노박이 연기한 '라이언'과 (말 그대로) 지지고
볶는다. 내 생각에 켈리는 자신의 관심사에서는 탁
월하지만 그 관심사의 영역이 아주아주아주 좁다.
그래도 그는 솔직하다. 허세가 있지만 가식은 떨지
않는다(민디 케일링은 나중에 〈민디 프로젝트〉라는 드
라마의 연출자와 주인공을 동시에 맡는다. 그는 뉴욕에
사는 산부인과 의사인 '민디'를 연기하는데, 내 생각엔
이 역할 역시 어느 정도는 〈더 오피스〉의 켈리의 연장선
에 있다).

　　돌이켜보면 〈더 오피스〉의 사무실 사람들은
모두 자신만의 괴상함을 지니고 있었다. 그저 착하
거나 나쁜 게 아니라, 혹은 무조건 강하거나 약한
게 아니라, 혹은 마냥 이타적이거나 이기적인 게 아
닌 사람들. 자신만의 삶을 근거로 가진 사람들. 나
는 그런 캐릭터들을 사랑했고, 특히 그런 여자들을
사랑했다. 위악이나 위선을 부리고, 자기 자신의 정
체성을 무기로 삼기도 하고, 때로는 진심으로 화를
내고, 울고불고 난리를 치는 그런 여자들. 허세를
부리고, 헛된 꿈을 꾸는 여자들. 누군가가 자신에게
상처를 줬다며 입을 삐쭉거리지만 돌아서면 그런
말을 한 걸 후회하는 여자들.

〈나의 직장상사는 코미디언〉(원제는 'Hacks')
에는 이런 대사가 나온다.

"그게 다예요? 그냥 비호감 여자에 관한 드라
마예요?"

〈나의 직장상사는 코미디언〉은 전설적인 '여
자' 스탠드업 코미디언 데버라와 젊은 '여자' 작가
인 에이바의 이야기를 다룬다. 이 둘은 달라도 너무
다르다. 데버라는 '생리컵'이 뭔지도 모르는 안하무
인의 늙은이다. 에이바는 연신 전자담배를 피워
대고, 카페에서 오트밀크를 찾고, 휴대전화로 글을
쓰는 젊은이다. 하지만 둘에게는 공통점이 있다.
그들은 절박하다. 데버라는 이제 무대에서 밀려날
위기에 처해 있고 에이바는 트위터에 올린 농담 때
문에 업계에서 외면을 받는 중이다. 다른 공통점도
있다. 그들은 서로를 경멸하지만 어쩔 수 없이 함께
일을 해야 하는 처지이다. 무엇보다 두 사람의 가장
큰 공통점은 따로 있다. 이 드라마 속 다른 등장인
물의 대사를 빌려 말하자면 그들은 "둘 다 미친 싸
이코"이다.

내가 이 드라마에서 좋아하는 장면 중 하나는
시즌1 첫 에피소드 마지막에 나온다. 둘 다 원치 않
았던 면접 자리(데버라의 집)에서 에이바와 데버라

는 서로를 비난하는 말을 주고받는다(그것도 아주 심하게!). 그 과정에서 데버라는 에이바가 트위터에 농담을 올렸다가 이런 처지가 되었다는 걸 알게 되고 그 농담이 무엇이었는지 묻는다. 그러고는 에이바에게 너가 잘린 건 트위터 농담이 담고 있는 내용이 민감해서가 아니라 "블랙리스트에 올라갈 만큼 재미없기" 때문이라고 말한다. 에이바는 그 말에 화가 나서 데버라의 아픈 상처를 찌른다 "남편이 왜 당신을 두고 처제를 선택했는지 알 것 같군요." 젊은 시절 남편과 함께 코미디를 시작했던 데버라는 여성 최초로 심야 토크쇼의 사회자를 맡기로 한 즈음에 남편이 자신의 동생과 바람이 났다는 사실을 알게 된다. 데버라의 남편이 살던 집은 불에 타고 데버라는 전남편 집에 불을 지른 여성으로 대중에게 각인된다.

어쨌든 에이바는 데버라에게 저 말을 던지고 도망치듯 데버라의 집을 빠져나와 차를 몬다. 그런데 다음 장면에서 데버라는 죽일 기세로 에이바의 차를 쫓아온다. 마치 카체이싱 장면처럼 데버라는 에이바의 차를 막아선다. 나는 당연히 데버라가 에이바에게 화를 낼 거라고 생각했다. 그도 아니라면 대범하게 에이바를 고용하든가. 하지만 아니었다. 차에서 내린 데버라가 에이바에게 하는 첫 번째 이야기는 에이바가 올린 그 (재미없는) 농담의 수정본이다. 그리고 이렇게 말한다. "이 정도는 웃겨야지!" 그런 식으로 둘은 아주 잠시 동안 합심해서 그 농담을 가장 멋진 것으로 만든다.

(당연한 말이지만) 이 드라마를 보다 보면 우리는 자신을 Z세대라고 자랑스럽게 말하는 에이바의 마음속에 있는 두려움을 알게 된다. 그리고 괴팍하기 이를 데 없는 데버라의 행동에는 일종의 '역사'가 있다는 걸 알게 된다. 그렇다고 그들이 '미친 싸이코'가 아니라고 말하는 게 아니다. 그들이 자신의 '그런' 부분들을 변화시키는 것도 아니다. 그들은 여전히 '미친 싸이코'이다. 그런 걸 벗어던질 생각도 없다. 데버라는 여전히 땍땍거리고, 에이바는 여전히 허세를 부린다. 그 허세를 포기하지 못해서 에이바는 데버라를 속이고 영국 제작사와 인터뷰를 하러 간다. 자신의 이야기를 원하는 줄 알았던 에이바는 방송사에서 원하는 게 다르다는 사실을 알게 된다.

"주인공이 진상녀 총리거든요. 우린 진정한 페미니즘은 지랄 맞은 여자들의 존재를 인정하는 데서 출발한다고 봐요. 그걸 TV에서 보여주고 싶은데 당신은 상사에게 많이 시달려봤잖아요."

그들의 이야기를 다 들은 에이바는 말한다.

"그게 다예요? 그냥 비호감 여자에 관한 드라마예요?"

나쁜 여자를 '보여주는' 시도는 손쉬울 것이다(반대로 '호감 여자'를 보여주려는 시도도 똑같이 손쉬울 것이다). 에이바를 만난 제작사 사람들 말마따나 "관찰을 통해 성격을 묘사"하면 된다. 하지만 그걸로는 부족하다. 데버라의 겉모습을 '있는 그대로' 보여주는 걸로는 데버라의 삶에 대해 아무것도 설명할 수 없다. 나도 안다. 겉모습을 관찰해서 보여주는 것만으로도 훌륭한 캐릭터가 탄생할 수 있다는 걸 말이다. 하지만 때로는 그게 불가능할 때가 있다. 이를테면 데버라처럼 평생 자기만의 투쟁을 지속해야 했던 사람들은 특히 그렇다. 젊은 시절 데버라가 코미디 클럽에서 여성으로서 일을 하기 위해 어떤 불이익을 감수해야 했는지, 어떤 식으로 "이를 악물고 노력해야" 했는지 데버라의 비호감 행동으로는 아무것도 보여주지 못한다. 데버라는 말한다. "사람들이 나를 비웃는 걸 좋아한다는 걸 알았어." 사람들은 전남편의 집에 불을 지른 여자인 데버라, 그걸 무대에서 스스로 농담거리로 삼는 데버라, '비호감' 데버라를 좋아하지만 그 이면에 숨겨진 진실(이를테면 자신보다 잘나가는 아내를 견디지 못한 남편에 대한 이야기)에 대해서는 관심이 없다. 배꼽이 빠질 정도로 웃기고, 때때로는 19금 딱지를 달고 있고, 때때로는 눈물을 훔치게 만드는 〈나의 직장상사는 코미디언〉은 그냥 비호감 여자에 대한 드라마가 아니다. 비호감 여자가 호감형으로 변화하는 그런 드라마도 아니다. 비호감인 여자가 자신이 비호감이라는 사실을 받아들인다는 이야기는 더더군다나 아니다. 그리고 비호감 여자끼리 (손쉽게) 서로를 이해하게 된다는 그런 내용도 아니다. 시즌1의 마지막 에피소드에서 데버라와 에이바는 화해하지만 (아직 한국에서는 볼 수 없는) 시즌2에서 일어날 갈등의 씨앗을 남겨둔 채 끝났다. 예상컨대 그들은 계속 서로에게 으르렁거릴 것이다.

어떤 사람들은 〈매드맨〉에 대해 말할 때, 이 드라마의 진정한 주인공은 (남자 주인공이자 타이틀롤인) 돈 드레이퍼가 아니라 페기 올슨이라고 주장하길 좋아한다. 나는 여전히 돈이 주인공이라고 생각하지만(그리고 어쩔 수 없이 그를 동정하고 좋아하지만), 페기에게도 이루 말할 수 없이 깊은 애정을 가지고 있다(그러므로 내가 가장 좋아하는 에피소드 중 하나는 돈과 페기의 우정을 보여주는 'The Suitcase(여행 가방)'이라는 에피소드이다).

〈매드맨〉 시리즈를 관통하는 내용 중 하나는 돈 드레이퍼가 온갖 난봉꾼 짓을 하는 것이 자신의 삶을 찾아가는 여정의 일부라는 변명(혹은 주장)이다. 우리는 그게 변명에 불과하다는 사실을 드라마를 보는 내내 절감한다. 그리고 그가 변명을 끝냈을 때 비로소 드라마는 끝난다. 드라마가 진행되는 동안 그는 자신이 과거에 저지른 잘못, 혹은 지금 저지른 잘못들로 인해 벌어진 일들을 수습하느라 정신이 없다. 그는 그런 식으로 자신의 존재를 증명해 나간다. 물론 이 드라마에 나오는 모든 이들이 그런 식으로 자신의 존재 이유를 증명하려고 애를 쓴다. 페기도 그렇다. 그는 돈의 (그 당시 여성들의 전형적인 직업인) 비서로 들어와서 결국은 카피라이터로 성장한다. 그는 이 드라마에 나오는 남자들보다 훨씬 더 열심히 자신의 존재를 증명해야 한다. 그 이유는 (이 드라마의 시대 배경을 고려하면) 분명하다. 그가 여성이기 때문이다. 그의 실수는 페기 올슨의 실수가 아니라 여자의 실수로 치부될 위험에 처해 있다. 그는 자신이 여성이라는 사실이 약점이 되지 않도록 이를 악물고 노력해야 한다. 이 드라마에는 다른 식으로 자신의 존재 방식을 증명하는 여성도 있다. 비서장인 조앤 홀러웨이는 아주 아름답다. 빨간 머리와 육감적인(다른 단어로는 설명이 안 된다) 몸매. 몸매가 드러나는 옷을 입은 조앤이 지나갈 때면 남자들의 눈이 휘둥그레진다. 좌우로 움직이는 조앤의 엉덩이를 보느라고. 동시에 그는 유능하다. 실수는 좀처럼 하지 않으며 이루 말할 수 없이 영리하고, 비서들을 진두지휘한다. 문제가 생기면 재빨리 해결하고, 부당한 일이 있을 때에는 특유의 유머 감각으로 그 상황을 돌파한다. 하지만 그런 조앤도 유머 감각이 사라질 때가 있다. 시즌4의 8화에서 젊은 (남자) 애송이 카피라이터는 조앤과 의견 대립이 있은 후, 그를 골탕 먹일 목적으로 희롱하는 (역겨운) 그림을 그려 사무실에 붙여놓는다. 조앤은 그 그림을 그린 애송이와 그걸 보고 즐거워한 남자들에게 간다. 그리고 당신들은 1년 후 베트남전쟁에 참전해서 죽임을 당할 거라고, 그렇다 하더라도 자신은 하나도 슬프지 않을 거라는 독설을 내뱉는다. 그의 독설에 거기에 있던 남자들은 찍소리도 못 한다. 하지만 모든 상황을 지켜본 페기는 그 정도로는 부족하다고 느끼고, 돈 드레이퍼에게 보고해 그림을 그린 애송이를 해고시킨다.

그 모든 상황이 끝난 후 페기와 조앤은 퇴근하기 위해 함께 엘리베이터에 오른다. 페기는 조앤이 당연히 자신에게 고마워할 거라고 생각하지만 오히려 조앤은 페기를 비난한다. "다들 네가 내 문제를 해결했다고 생각하고, 네가 중요한 사람인 줄 알 거야." 페기는 당신을 지켜준 건데 왜 그런 식으로 말을 하냐고 되묻는다. 조앤은 대답한다. "넌 너 자신을 지킨 거지. (…) 난 그 일을 해결했어. (…) 넌 거물이 되고 싶지. 우리가 여기서 권력을 얼마나 얻든 저들은 그림을 계속 그릴 거야. 넌 내가 아무런 의미도 없는 비서에 불과하고 넌 유머 감각 없는 못된 여자라는 걸 증명한 거야."

십몇 년 전에 이 장면을 처음 보았을 때, 나는 조앤을 이해하지 못했다. 페기의 방식이 옳다고 생각했다. 그렇지만… 지금은 다른 식으로 그들을 바라볼 수 있다. 그들은 각각 자신만의 방법으로 이 세상과 싸워온 여성들이다. 조앤은 시리즈 중반이 넘어서면 'Agency Operations Manager'라는 타이틀을 얻어내는 데 성공하지만, 같은 직급의 남자들로부터 제대로 된 동료 취급은 받지 못한다("내가 편지 카트를 몰고 다니는 동안 그들은 샴페인을 따르고 있겠지"). 페기와 그런 한탄을 주고받던 조앤은 자신이 이 업계에서 오랫동안 일해본 결과 이 일에서 직업적 만족도를 얻을 수는 없을 거라고 말한다. 그러자 페기는 한마디한다.

"That is bullshit."

드라마는 그게 정말 'bullshit'이 되는 걸 보여준다. 그 과정에서 그들은 분노하고, 지나친 역경을 겪으며 좌절한다. 하지만 결국엔 자신들이 가고자 했던 곳에 도달한다. 어쩌면 그들은 목적을 위해 비난받을 만한 선택을 할지도 모른다. 실제로 조앤은 무언가를 얻는 대가로 자신을 내주는 선택을 하기도 한다. 그렇지만 나는 그것 역시 조앤의 싸움의 일부였다는 것을 안다.

(이미 앞에서 언급했지만) "서로를 완전히 이해하지 못하더라도 서로를 사랑할 수 있다." 나는 이 문장을 좋아한다. 어쩌면 나는 조앤의 선택을, 혹은 데버라의 선택을, 에이바의 선택을, 혹은… '그들'의 선택을 이해하지 못할지도 모른다. 그렇더라도 나는 그 여성들을 사랑할 수 있다. 그 여성들이 견지해온 (세상에 대한) 싸움 방식을 존중할 수 있다. 때때로 함께 눈물을 흘리고, 때때로 함께 웃을 수도 있을 것이다. 그런 과정을 통해 세상으로부터 당신

은 비호감이야! 라는 딱지를 받은 적이 있는 '나'와 '당신'이, 그러니까 우리가 결국엔 서로의 손을 잡게 되는 건지도 모르겠다.

못다 한 이야기

강연을 할 때 자주 예시로 드는 문장들이 있다. 그 중 하나는 바로 이것이다.

　　흑인은 프라이팬에 햄 조각들을 올려놓았다. 팬이 뜨거워지자 기름이 튀었다. 벅스는 새까만 긴 다리를 굽힌 채 햄을 뒤집은 다음, 계란을 깨서 넣고 기름이 잘 둘러지게 팬을 이리저리 흔들었다. (…) 흑인이 햄 한 조각을 집어 빵 위에 올려놓은 다음, 그 위에 계란을 얹었다. (…) 닉은 샌드위치를 잘라 먹기 시작했다. 흑인은 반대편에 애드와 나란히 앉았다. 뜨거운 햄에그의 맛은 훌륭했다.

　　이건 헤밍웨이의 단편집 『우리들의 시대에』에 실린 「권투선수」(원제 '싸우는 사람')에 나오는 문장이다. 「권투선수」의 도입에서 주인공 닉은 무임 승차한 기차에서 쫓겨난다. 한밤중이고 주위는 깜깜하다. 닉은 저 멀리 보이는 모닥불 쪽으로 걸어간다. 거기에는 왕년에 스타 권투선수였지만 지금은 삶 전체(와 신체)가 망가진 애드, 애드와 동행하는 흑인 벅스가 있다. 이 소설을 처음 읽었을 때 나는 이십대 중반이었다. 그리고 굉장한 충격을 받았다(나는 소설을 읽고 충격을 받는 걸 좋아한다. 꽤 자주 충격을 받는데, 그게 아주 좋다. 그리고 내 소설이 다른 사람들에게 그렇게 읽히기를 바라고는 한다). 거기에는 여러 이유가 있겠지만 그중 하나는 바로 저 위에 언급된 문장 때문이었다. 저 단순한 문장, 아무런 미사여구도 없는 냉담하기 그지없는 묘사가 나를 입맛 다시게 만들었던 것이다. "너 먹을 거에 정말 진심이구나!" 나를 잘 아는 친구들은 자주 이렇게 말하는데, 이건 이십대 때도 마찬가지였다. 나는 당장 나가서 식빵과 네모난 샌드위치용 햄, 그리고 치즈를 사 왔다. 식용유를 두르고 햄을 굽고, 햄의 풍미가 밴 기름에 빵을 굽는다. 그런 후에는 기름을 조금 더 두르고 서니사이드업 스타일로 계란 프라이를 만든다. 재료는 그게 다다. 구운 빵 위에 치즈, 구운 햄, 그리고 계란 프라이를 올린 후 구운 빵으로 덮는다. 별 내용물도 없고 모양도 그저 그렇지만 정말 맛있었다. 햄의 감칠맛과 짭조름한 치즈, 다익지 않은 계란 노른자의 고소한 풍미, 빵에 밴 햄의 지방. 그로부터 오랜 시간이 흐른 후, 현재의 나는 맛있다고 소문난 바게트나 사워도우(사워도우를 더 선호한다), 엑스트라버진 올리브오일로 만든 바질페스토, 직접 만든 선드라이토마토, 루콜라, 외국산 치즈, 때때로는 아티초크 등을 사용해서 샌드위

치를 만든다. 하지만 그때 먹었던 햄에그샌드위치
만큼 나에게 충격을 준 음식은, 그 이후로 없었다.

　「파이가 있다—길모어 걸스」에도 썼지만, 나
는 가끔 미드에 나온 음식을 따라 먹고는 했다. 때
로 어떤 음식을 보면 곧바로 어떤 드라마의 장면이
떠오르기도 한다. 이를테면 나는 데니시 페이스트
리를 먹을 때, 〈매드맨〉이 떠오른다. 광고주와의 회
의 장면을 보면 대부분 테이블 위에 음식이 놓여 있
는데, 칵테일 새우나 샌드위치, 혹은 파이나 카나
페 같은 것들이다. 그리고 데니시 페이스트리도 있
다. 나는 이 드라마를 통해서 데니시 페이스트리라
는 빵에 대해 관심을 가지게 되었다. 드라마 속의
그것은 우리가 흔히 아는 모양은 아니고, 약간 쿠안
아망에 더 가깝다. 자타공인 빵순이인 나는 독일 빵
을 사랑하는데, 최근에는 북유럽 빵도 만만치 않다
고 생각하고 있다. 물론 프랑스 빵도 잊어서는 안
된다. 아몬드크루아상을 먹을 땐 〈부통령이 필요
해〉의 셀리나와 게리가 떠오른다. 셀리나는 좀처
럼 상처를 담아두지 않는 인물이다. 상처를 받고 모
욕과 좌절을 느낄 때면 주변 사람들에게 고함을 치
고 물건을 집어 던지고 욕설을 하는 식으로 부정적

인 감정을 처리한다. 하지만 가끔 믿을 수 없을 정도로 좌절스러운 상황이 닥칠 때가 있다. 너무 울적해서 누군가에게 욕설을 할 기운조차 남아 있지 않을 때가 있다. 그럴 때, 일등보좌관 게리는 울상이 된 셀리나에게 아몬드크루아상을 가져다준다. 한 번은 게리가 이렇게 말한 적이 있다. '작고 멋진 아몬드크루아상(a nice little almond croissant)'을 먹겠느냐고. 마치 이 세상에서 '작고 멋진 아몬드크루아상'이라는 말보다 더 근사한 건 없는 것처럼 느껴진다. 셀리나는 먹고 싶다고 말하고 곧 되묻는다. "아몬드크루아상을 크게 만들어줄 수 있어? 거기다 나를 집어넣고 여기서 몰래 내보내줄 수 있어?" 당연히 게리는 그렇게 할 수 있다고 말한다(게리는 셀리나에게 절대 안 된다고 말하지 않는다). "그 안에 들어 있는 라즈베리잼 때문에 놀라실지도 몰라요"라고 덧붙이면서. 최근에 그 장면을 다시 보고, 새삼스럽게 좀 놀랐다. 셀리나도 도망치고 싶었던 적이 있었구나. 이 드라마를 여러 번 봤지만, 셀리나가 도망치고 싶었던 적이 있었다고는 생각하지 못했다. 주위의 모든 사람을 서슴없이 정치적으로 이용하고도 미안함이나 죄책감을 단 한 번도 느끼지 못했을 정도로 셀리나의 지상 과제는 그저 대통령이 되는 것

뿐이었다. 나는 줄곧 그렇게 생각해왔다. 하지만 아니었다. 그도 도망치고 싶은 적이 있었다. 만약 그가 자신의 도망치고 싶은 마음을 진지하게 들여다봤다면 어땠을까? 모멸감이나 좌절감이 느껴질 때 그 이유를 진지하게 생각했다면, 무언가가 달라졌을까? 그랬을 것이다. 달라졌을 것이다. 진작에 나가떨어졌을 것이다. 워싱턴에서 절대 견디지를 못했을 것이다.

〈부통령이 필요해〉의 셀리나는 아몬드크루아상을 먹으며, 도망가고 싶은 마음을 달랜다. 음식으로 마음을 달래는 사람은 또 있다. 〈월 앤드 그레이스〉의 그레이스. 이 시리즈를 보고 있으면 누구라도 그레이스를 먹보라고 부르고 싶어질 것이다. 심지어 그냥 먹보도 아니다. 공짜 음식이라면 사족을 못 쓴다. 알코올중독자 상담 모임에 가면 공짜 크리스피크림도넛을 먹을 수 있다는 사실을 알게 된 그는 중독자인 척 모임에 참여하기도 한다. 그걸 캐런에게 들키자 이렇게 말한다. "공짜 상담에 공짜 음식이잖아요. 이건 유태인(월과 그레이스는 유태인이다)에게 복권에 당첨되는 거나 마찬가지라고요." 〈월 앤드 그레이스〉에는 크리스피크림도넛이 자주 등장한다. 내 기억에는 그렇다. 다른 건 몰라도 이 드라마가 내게 크리스피크림도넛을 각인시킨 계기가 된 건 확실하다. 지금이야 한국에 맛있는 도넛 전문점이 엄청나게 많이 생겼지만(나는 도넛을 그렇게 즐겨 먹진 않지만, 올드페리도넛의 버터피스타치오와 랜디스의 애플프리터에는 사족을 못 쓴다) 내가 〈월 앤드 그레이스〉를 열심히 볼 당시에는 서울에 크리스피크림도넛 매장이 몇 없었다. 가장 큰 매장은 명동 롯데백화점 지하에 있었는데, 매장 안에서 도넛을 만드는 장면을 볼 수 있었다. 게다가 갓 만들어 나온 오리지널글레이즈드를 하나씩 공짜로 줬다. 물론 나는 공짜 도넛을 먹기 위해 줄 서는 걸 마다하지 않았다.

공짜 도넛을 먹기 위해 알코올중독자라고 거짓말을 하고 모임에 나갔던 그레이스는 결국 (자의가 아니라) 타의에 의해 자신이 알코올중독자가 아니라는 사실을 밝혀야만 했다. 그레이스는 에라 모르겠다는 심정으로 소리지른다. "저는 공짜로 대화를 나눌 장소가 필요했던 이혼녀일 뿐이에요!" 그 말을 들었을 때 조금 의아해했던 기억이 난다. 이 모임에 계속 나온 이유로 도넛이 아니라 '대화'가 필요했다고 말하다니? 공짜 음식을 먹으러 왔다고 말하는 것보다는 덜 창피해서 그런 걸까? 아니면 정말로 대화할 사람이 필요했던 걸까? 아무래도 이상하다. 그레이스에게는 자신의 속마음을 털어놓을 친구들이 있는데? 하지만 나는 그레이스가 상황을 모면하기 위해 거짓말을 한 거라고는 생각하지 않는다. 누구나 가끔은 나를 전혀 모르는 사람들에게 내 이야기를 털어놓고 싶은 그런 때가 있지 않나? (오랜 시간 동안 쌓아온 친밀감이 배제된) 그런 대화를 하고 싶을 때가. 그건 나를, 나의 어떤 부분을 공명정대하게 바라보고 싶은 마음에서 비롯되기도 하겠지만, 정반대의 마음에서 비롯되기도 한다. 그러니까 때때로 나를 모르는 사람에게 나의 어두운 마음을 털어놓는 것보다 나를 아는(아니, 안다는 말로는 부족하고 사랑하는) 사람에게 그런 마음을 털어놓는 게 훨씬 더 힘든 일이 된다. 심지어 그건 꽤 대단한 용기를 필요로 한다. 그 반대도 마찬가지이다. 내가 사랑하는 사람의 어두운 마음을 듣는 것 또한 꽤 용기가 필요한 일이기도 하다. 내가 〈윌 앤드 그레이스〉를 좋아하는 이유 중 하나는 이 드라마가 바로 그런 용기를 낸 사람들에 대한 이야기이기 때문이다.

시즌8이 끝나고 11년 후에 다시 찾아온 〈윌 앤

드 그레이스〉의 가장 큰 사건 중 하나는 윌과 그레이스가 진짜 가족이 되어 함께 아이를 키우며 살아가기로 한 것이다. 진짜 마지막 시즌의 열한 번째 에피소드에서 윌은 자신의 (아버지가 되기로 한) 결정이 잘못된 것일까 봐, 좋은 아버지가 되지 못할까 봐, 아이를 이 세상으로부터 제대로 보호하지 못할까 봐 안절부절못한다. 잭은 윌을 교회로 데려간다. 자신은 불안할 때마다 교회에 앉아 눈을 감고 닥친 문제를 떠올렸다고, 그러고 나면 곧 평화가 찾아왔다면서 윌에게도 해보라고 권한다. 윌은 눈을 감고 아버지가 되는 것에 대한 두려움을 마구 소리 내어 토로하지만, 결국 이 모든 게 자신에게는 도움이 안 될 거라고 말한다. 그 말에 잭은 대꾸한다. "윌, 세상은 제어할 수 없는 것으로 가득 차 있어. 그래서 사람들은 여기에 오는 거야. 자신의 바깥으로 그런 감정들을 털어내려고 말이야." 하지만 윌은 완고하다. 그는 그런 식으로 자신의 불안이나 두려움을 신 같은 존재에게 털어내는 건 불가능하다고 대답한다. 그러자 잭은 말한다. "그럼 나에게 줘. 너의 불안이 지나치게 많아지면, 그 불안의 일부는 나에게 줘. 내가 가지고 갈게. 내가 너의 교회가 되어줄게."

　　서로가 서로에게 종교가 되어준다는 말은 허

무맹랑하다고 줄곧 생각해왔는데, 이 장면을 보는 순간 꼭 그런 것만도 아니리라는 생각이 들었다. 나의 불안함이나 고통을 당신에게 나누어주고 당신의 불안함과 고통을 내가 나누어 받는 것. 전부는 아니다. 전부를 주고받는 건 불가능하다. 그 일부를 내가 짊어지는 것, 그리고 당신이 짊어져줄 수 있으리라는 믿음을 갖는 것. 서로가 서로에게 종교가 되어준다는 그 말이 가진 의미이리라.

한편 〈하우스〉의 닥터 하우스는 아무와도, 아무것도 나누기 싫어서 밥조차 숨어서 먹을 때가 있다. 그것도 뇌사 환자나 식물인간 환자의 병동에서. 마음대로 TV를 켜고 침상에 신발 신은 발을 턱 올려놓고, 샌드위치와 레이즈 감자칩(내가 이 드라마 때문에 한때는 레이즈 감자칩을 주야장천 먹었다)을 먹는다. 심지어 시체 보관실에서도. 하우스가 가장 즐겨 먹는 음식 중 하나는 루벤샌드위치인데, 어떤 음식인지 인터넷 지식백과(!)에서 찾아보면 설명되어 있다. "호밀빵 사이에 콘비프, 스위스 치즈, 사워크라우트, 러시안드레싱을 첨가하여 그릴에 구워낸 샌드위치이다. 남은 콘비프를 처리하기 위해 만들어진 샌드위치로, 이때 콘비프는 소금물에 절인 소고기인데 주로 통조림으로 판매된다. 사워크라우트는 양배추를 절여 발효시킨 독일식 김치이며, 러시안드레싱은 마요네즈, 케첩, 양파, 달걀, 올리브, 피클 등을 섞어 만든 드레싱이다." 나는 사실 소고기와 돼지고기를 먹지 않는다. 아니, 먹지 않는다고 말하기는 좀 송구스럽고 먹지 않으려고 노력한다. 처음 이런 결심을 한 건 2009년도인데, 이 1년 동안은 정말 엄격하게 채식을 했다. 그러다가 계속 나 자신과의 싸움에서 진 끝(나는 나 자신과의 싸움에서 자주 진다)에 지금은 소고기와 돼지고기를 먹지 않는 걸로 합의를 봤다. 삼겹살과 소고기스테이크 같은 음식은 2009년 이후로는 먹은 적이 없다. 그래도, 여전히, 아주 특별한 상황에서는 먹기도 한다. 그중 하나가 여행을 떠났을 때이다. 재작년 여름, 뉴욕에 갔을 때의 목표 중 하나는 본토의 루벤샌드위치를 먹는 것이었다(오래전에 서울에서 한 번 먹어보고는 본토의 맛이 너무 궁금해서 참을 수가 없었다). 유명하다고 알려진 두 군데에서 먹었는데, 하나는 브루클린의 작은 식당이었고 다른 하나는 맨해튼의 오래된 식당이었다. 맨해튼에서 산 루벤샌드위치는 샌드위치라고 부르기가 좀 송구스러울 정도였다. 얇디얇은 빵 사이에 콘비프가 (정말로) 어마어마하게 쌓여 있고, 빵 위는 치즈 범벅이었다. 크기는 또 얼마나 컸는지(그날 다 먹지 못하고 나머지는 숙소로 싸가지고 와서 다음 날 아침으로 먹어치웠다).

드라마 때문에 미국에서 먹은 음식이 하나 더 있다. 루벤샌드위치처럼 작정하고 먹은 건 아니고, 2018년 여름 우연히 들어간 시카고의 작은 식당의 메뉴판에서 발견했다. "The Tony Soprano Omellette".

메뉴판에는 재료가 나열되어 있고(계란 세 개, 빨간 고추, 소시지, 모짜렐라치즈, 해시브라운, 쌀, 토마토, 토스트, 기타 등등), 마지막에는 이런 문구가 적혀 있다. "Thanks for the memories, Tony". '토니'는 당연히 〈소프라노스〉의 주인공 토니 소프라노스를 말하는 것이지만, 더 정확하게는 토니 역을 맡았던 제임스 갠돌피니를 지칭하는 것이리라. 제임스 갠돌피니는 2013년 심장마비로 사망했다. 〈더 나이트 오브〉의 스톤 변호사 역을 수락하고 촬영을 앞두고 있을 때였다. 그의 갑작스러운 사망 후, 그 역할은 로버트 드 니로를 거쳐 존 터투로에게 돌아갔다. 존 터투로의 연기가 거의 완벽에 가까웠기 때문에 〈더 나이트 오브〉를 보는 동안 제임스 갠돌피니가 이 역을 맡았으면 어땠을까 하고 궁금해했던 기억

이 난다. 스톤 변호사는 〈소프라노스〉의 토니와는
완전히 정반대의 인물로 궁핍, 비굴함, 패배감이 삶
에 자연스럽게 스며들어 있지만, 토니는 절대 그렇
지 않다. 그는 불법을 아무렇게나 저지르고 남에게
끝도 없이 군림하려 들고, 패배감은 견디지 못한다.
그런 감정들을 떨쳐내기 위해 누구에게든지 폭력을
행한다. 토니는 항상 식식거리며 숨을 쉰다. 그 숨
소리는 그의 삶을 대변하듯이 아주 탐욕스럽게 들
린다. 나는 어떻게든 살아남겠어, 절대 개죽음을 당
하지 않겠어, 절대 이 자리에서 물러나지 않겠어,
라고 말하는 것처럼. 그리고 끊임없이 음식을 찾는
다. 그 거대한 저택, 부엌의 냉장고 안은 언제나 음
식으로 가득 차 있다. 그는 시도 때도 없이 냉장고
를 열고 햄을 꺼내 먹거나, 남은 파이를 먹거나, 그
도 아니면 휘핑크림 스프레이를 입안으로 뿌려댄
다. 누군가의 가족을 죽이는 일이 다반사겠지만, 토
니와 그의 가족(때때로는 친척, 때때로는 가족과도 같
은 이웃)들은 정기적으로 모여 집에서 만든 음식으
로 식사를 한다. 악행들은 저지른 적도 없다는 듯이
일상적인 대화를 이어나간다. 마지막 시즌, 마지막
에피소드에서 토니와 그의 아내와 아들은 식당에
앉아서 어니언링을 먹는다. 약간 늦게 도착할 토니

의 딸을 기다리면서. 이날도 그들은 마치 아무 일도 없다는 듯이 식사를 이어갈 수 있을까? 드라마는 그걸 알려주지 않은 채, 피날레를 맞이한다.

시카고의 작은 식당에서 나는 토니 소프라노스 오믈렛을 주문했다. 음식의 맛은 특별하지 않았다. 양이 어마어마하게 많았던 건 기억난다. 주방장(이 맞겠지?)은 '제임스 갠돌피니'가 아니라 '토니 소프라노'에게 고맙다고 썼다. 이 글귀를 적은 이에게 토니는 실제로 존재하는 사람이었다. 좋은 소설을 정의하는 여러 가지 방식이 있겠지만, 내 경우에는 이렇다. 책을 덮고 났을 때, 그 등장인물이 어딘가에 진짜 살아 있는 것처럼 여겨진다면 그건 정말 좋은 소설이리라고. 좋은 드라마도 마찬가지이다. 〈소프라노스〉 같은 드라마를 볼 때는 이 세상에 번진 악행을 생생하게 실감하게 된다. 〈더 오피스〉가 종영할 때 내가 그렇게 펑펑 울었던 건 드라마가 끝나서가 아니었다. 이제 더는 던더 미플린 직원들의 삶을 들여다볼 수 없다는 기분이 들어서였다. 그들의 삶으로부터 떨어져 나온 것 같은 기분이 들어서였다. 〈매드맨〉이 종영했을 땐 돈 드레이퍼가 이제 제발 두려움과 외로움에서 벗어나기를 바랐고, 〈하우스〉가 끝난 후에는 하우스의 남은 삶이 행복하기

를 바랐다. 정말로 그런 마음이 들었다. 그건 나의
마음이 진짜로 작동한 방식이었다.

맨해튼에서 루벤샌드위치를 혼자 먹은 건 아
니었다. 저녁으로 그걸 포장해서, 맨해튼에 사는 친
구를 만나 함께 브라이언트파크에 갔다. 공원 앞쪽
에 설치된 무대에서 간단한 공연들이 있을 예정이
었다. 우리는 조금 늦게 도착을 했고, 벌써 공연은
시작된 참이었다. 많은 사람들이 돗자리를 펴고 도
란도란 앉아 있었다. 하지만 연주에 온전히 집중하
는 사람은 별로 없었던 것 같다. 연주자들도 공원
에 앉은 사람들이 자신들에게 집중하든 말든 별로
상관하지 않는 것 같았다. 성의가 없었다는 게 아
니라(연주는 정말 훌륭했다) 그 모든 게 아주 자연스
러워 보였다는 의미이다. 뉴욕의 여름밤. 시원한 바
람, 나무들, 음악. 친구는 포장된 루벤샌드위치를
보고 눈살을 찌푸렸다. 혈관 막히겠다! 음식은 그것
만 있는 건 아니었다. 트레이더 조에서 사 온 치킨
파테(난 정말 이걸 좋아한다), 크래커, 치즈, 병아리
콩, 그리고 약간의 과일. 배부르게 먹고 난 후 어두
워질 때까지 앉아서 수다를 떨던 우리는 공원 바깥
으로 나와서 그 주위를 걸었다. 헤어질 때는 서로를

꼭 안아주었다.

올겨울에 서울에서 친구를 다시 만났을 때, 우리는 각자 여러 가지 복잡한 문제를 안고 있었다. 이런저런 이야기를 하다가 친구가 갑자기 브라이언트 파크에서의 저녁을 떠올렸다. "아, 그날 정말 좋았어." 나는 그 말에 동의할 수밖에 없었다. 그건 정말 좋은, 이라는 단어로밖에 설명이 안 된다. 좋은 날들, 그런 날들이 있었다는 건 행운이다. 그날의 사진 속 나는 정말로 활짝 웃고 있다. 아이폰의 라이브 기능으로 찍어줬기 때문에 나의 익살스러운 동작과 표정 변화를 알 수 있다. 라이브 사진이 필요한 이유이다. 내 최측근인 물고기군 님은 늘 말한다. 모든 날이 좋을 순 없지만, 일상에서 좋음을 발견하도록 애쓰는 건 중요한 행위라고. 그걸 멈추면 안 된다고. 그 말을 할 때 우리 집 묘르신들—고로와 칸트—은 빨리 동의하라는 듯 나를 바라보며 야옹야옹거린다. 그런 말을 들을 때마다 나는 심드렁하게 굴었지만, 친구가 브라이언트파크 이야기를 꺼냈을 때는 고개를 끄덕일 수밖에 없었다. 오랜만에 만나서 얼굴을 보며 서로의 처지를 털어놓는 이 순간도 언젠가는 그런 식으로, 좋은 날로 기억되리라고. 그렇게 되도록 이 시간에 최선을 다해야 한다고.

최근에 나는 약간 절망에 빠져서 삶을 살아가는 건 하루하루를 그저 잃어가는 과정에 불과하다는 생각에 사로잡혀 있었다. 이미 내가 읽은 여러 소설의 주제이기도 했고, 잘 알고 있는 사실이라고 여겨왔는데 최근에서야 이런 것들을 깊이 실감할 수 있었던 것이다. 그게 얼마나 마음 아픈 일인지도 알게 되었다. 어쩌면 사람들이 소설을 읽거나 드라마를 보는 이유가 바로 이런 게 아닐까? 누군가가 보낸 시간을 영원히 그 자리에 머물게 만드는 것. 책장을 펴거나 혹은 드라마를 재생시키면 언제나 거기에 그들이 있다. 좋은 날, 슬픈 날, 씻을 수 없는 상처, 복구할 수 없는 실수들과 무너지는 마음, 서로에게 내미는 손, 그리고 또다시 시작되는 좋은 날, 슬픈 날, 씻을 수 없는 상처, 복구할 수 없는 실수들, 무너지는 마음, 또 내미는 손…. 그들은 그런 식으로 글자 속에, 화면 속에 영원히 머물러 있다. 영원히 살아 있다. 어쩌면 그게 내가 어떤 드라마들을 반복해서 보는 이유인지도 모른다.

하지만 슬프게도 삶은 그런 식으로 반복되지 않는다. 때로는 믿을 수 없는 속도로 사라져버린다.

내가 절망에 빠질 때마다 물고기군 님은 말한다. "누군가와 함께하는 시간이 줄어드는 게 그토록 슬픈 이유는 그 누군가가 너에게 너무 소중하기 때문이잖아? 그렇게 소중한 사람이 있다는 게 얼마나 행복한 일이야." 그는 또 이렇게 말한다. "내일은 오늘보다 무조건 좋은 날이야. 오늘 행복했다면 내일은 더 행복한 날이고, 오늘 힘들었다면 내일은 덜 힘든 날이 될 거야." 나는 그게 허황된 믿음이라고 생각한다. 그리고 모든 일이 그런 식으로 작동하지 않으리라는 것도 안다. 어떤 날은 무언가가 더 나아졌다고 믿었다가 다음 순간 속절없이 삶으로부터 배신을 당하게 될지도 모른다. 아니, 분명히 그렇게 된다. 그렇지만 동시에 내가 알고 있는 사실 중 하나는 우리를 살게 만드는 건 때로는 그런 허황된 믿음이라는 사실이다. 그리고 그 허황된 믿음 중 일부를 삶에서 실제로 작동할 수 있게끔 노력하는 게 우리가 해야 하는 가장 소중한 일이라는 생각도 든다. 그러니까, 맛있는 걸 많이 먹자. 좋은 걸 많이 보고, 좋은 걸 많이 듣고, 서로를 쓰다듬어주고, 사랑한다고 많이 말해주자. 그런 식으로 우리는 삶의 어떤 순간들을 영원히 살아 있게 만들 수 있으리라. 정말 그렇게 될까? 그랬으면 좋겠다.

나를 만든 세계, 내가 만든 세계
'아무튼'은 나에게 기쁨이자 즐거움이 되는,
생각만 해도 좋은 한 가지를 담은 에세이 시리즈입니다.
위고, **제철소**, **코난북스**, 세 출판사가 함께 펴냅니다.

아무튼, 미드

초판 1쇄 2024년 6월 13일

지은이 손보미
펴낸이 김태형
디자인 일구공
제작 세걸음

펴낸곳 제철소
등록 제2014-000058호
전화 070-7717-1924
팩스 0303-3444-3469

right_season@naver.com
instagram.com/from.rightseason

ISBN 979-11-88343-71-3 02810